えっへへ。
浴衣、可愛い？

俺と妹の血、つながってませんでした２

村田 天

ファンタジア文庫

3331

口絵・本文イラスト　絵葉ましろ

2

田天

LUST

葉ましろ

N MURATA

A MASHIRO

俺と妹の血、つながってませんでした

My sister and I are not blood related

CONTENTS

My sister and I are not blood related

CHARACTER

Iruka Kousetsu

入鹿光雪

いるか　こうせつ

16歳

主人公。家族愛が強く、二人の妹を溺愛している。真面目過ぎる性格で学校では敬われているが、エロ漫画家の母の影響か女の子を描くのが趣味。

Iruka Kururi

入鹿久留里

いるか　くるり

15歳

入鹿光雪の妹。家族愛が強いが、その中でも特に兄に懐いている。普通の兄妹の範疇を超えた言動、行動をする兄ガチ勢。

Iruka Yotsuba

入鹿四葉

いるか　よつば

8歳

光雪と久留里の妹。基本的に無口だが、しれっとちゃっかりとしたところがある。兄と姉にはしっかりと甘える。

プロローグ

私には大好きな家族がいる。その中でも、お兄ちゃんとはずっと仲が良い。

長年培った強い絆の元、私は兄のコウちゃんにいつもひっついて、話しかけて、構ってもらって、我儘を聞いてもらっていた。

しかし、私が高校に入学したくらいの時期に転機が訪れた。

それは、コウちゃんのそんな言葉で始まった。

「久留里、幼児じゃあるまいし、いい歳した兄妹は手をつないで登校しないんだ」

それまで築かれていた仲の良い兄妹関係は、急に過剰とされて線を引かれ、コウちゃん曰くの『常識的な距離』を置かれるようになった。それからは抱きつくのも手をつなぐのも全部駄目になった。

大好きな兄からある日一方的に距離を置かれた妹の絶望をぜひ推し量ってみてほしい。

納得できるはずがない。

けれど、私がそれに抗い、反抗を続けることでコウちゃんの態度はなお固くなっていき、事態はついに私のプチ家出騒動にまで発展した。

それは、無事仲直りして、日常を取り戻していこうとしていた矢先のことだった。

＊　＊

市役所のベンチで呆然（ぼうぜん）としていた私は、どこかから聞こえた子どもの笑い声に我に返った。私の手には戸籍謄本がある。

パパとママは小さかった私とコウちゃんをそれぞれ連れて再婚した。

たった今、それを知った。

私とママの、血がつながっていなかった。ママは昔から私のことを愛してくれていたし、四葉（よつば）が生まれてからもそれはずっと変わらなかった。事実を知るとそのことがなおさらしっかりと感じられる。ありがたいと思ったし、私はやっぱりママのことが大好きだと思う。

だから、ママと血がつながってなかったことはショックではあったけれど、脳内で冷静に処理できるもので、それほど尾を引くものではないような気がした。

それよりも、兄だ。私とコウちゃんの血も、つながっていなかった。

こちらはなぜだかうまく処理できないし、とても混乱していた。そのせいで心臓がずっと、どくどくと速く鳴っている。

コウちゃんだって、ママと同じように、大好きなお兄ちゃんだ。

血がつながっていなかったことを、もちろん手放しで嬉しいとは思えない。

けれど、私はここ最近、態度や距離感が変わった兄に対して恋愛感情に似たものを発症していた。それは、世間では許されるものではない。

近親相姦の罪というのは少し不思議だ。

特殊な性的嗜好としてなら、たとえばロリコンなどで、悪質なものは他害だし法に触れる。覗き、痴漢、露出などもそうだ。皆他人に害をもたらす。

けれど、きょうだい間の近親相姦においては本人たちさえ合意の上ならば誰に迷惑をかけているわけでもない。そこまで強い害悪には思えない。

近親者同士で子を作ることに遺伝的な問題は提示されているが、一代きりでそこまで影響が出るかは定かではない。それに、仮に子は絶対に作らないと決めて清く恋愛だけをしようとした場合でも、世間の目はきっと同じように厳しいだろう。

だからきっと理由がどうとかよりも、〝禁忌とされているのでなんとなく嫌だ〟というのが禁忌とされている最も大きな理由だろうと思う。

日本では法律違反ではなく倫理の問題だが、ドイツでは近親相姦は法律に触れるのだという。一度も会ったことがないきょうだいがそれと知らずに会って関係を持ったとしても、法律違反になる。

だからそれはきっと、国を超えて存在する『常識』だ。きっと、多くの人に幼い頃から、禁忌（タブー）だという感覚が植え付けられている。

昔からことあるごとに非常識といわれている私の中にも、きちんとその感覚はあった。だから私がコウちゃんに発症したその疑似恋愛感情は、あくまで恋と似ているものでしかなかった。私はやっぱり、兄であるコウちゃんに対するそれを、はっきり恋だとは認められなかったのだ。

長年一緒に過ごしていた兄なわけだから、恋そのものとはきっと違うはずなのだ。そう言い聞かせ、そうは思いながらもやっぱり、右から見ても左から見てもすごく恋によく似ているそれを、少し困惑しながら見つめていたところだった。

ともあれ私とコウちゃんは血がつながっていなかった。

血がつながっていないのなら、それは少し許される感情となる。いや、少し許されるなんてものじゃない。無罪といっていいかもしれない。

私は、コウちゃんを好きになってもいいんだ。

何か、とても大きなものに自分の感情を許されたように感じられた。

ここ最近張り詰めていた感情は、行き場を見つけたことで空気がそこからぷしゅうと抜けた。

コウちゃんと血縁関係がなかったことは、知ってみればごく自然なことに感じられた。

私とコウちゃんは、見た目も性格もまるで似ていない。別の親から生まれているのは、言われればそのほうがよほどしっくりとくる。

寂しさと、解放感、悲しさと嬉しさも、全部が胸の中にあった。

まだ、自分がこれから何をどうするべきなのか、ぼんやりとしている。

まぁいいや。いろんなことはすべて、これから考えればいい。

私は戸籍謄本を鞄（かばん）の奥に仕舞い込んだ。

顔を上げるとすっかり日が暮れてきていた。もう帰らなければならない。

とりあえず、帰ってすぐにコウちゃんに話そう。私が今日知ったことを。

第一章　夫婦と秘密と遊園地

長年一緒に過ごしてきた妹の久留里と血がつながってないことを聞かされてから三ヶ月が経った。

最初は酷く動揺してしまい、久留里にも怪しまれたものだったが、色々とふっきれてからは以前通りの生活をしていける気がしてきていた。血のつながりなどなくとも、長年家族として生活を共にしてきた相手は、誰がなんと言おうと強い絆がある家族なのだ。

「ただいまぁ」

玄関でガチャンと扉の音がして、いつもより控えめな声が聞こえた。

しかし、いつまで経っても静かだったので玄関まで見にいった。

そこでは久留里がこちらに背を向けたまま、上がり框に座っていた。近寄って覗き込むとまだ靴を履いたままぼんやりとしている。

「久留里？　何をやってるんだ？」

「ん？　あ、コウちゃんだ」

「おう俺だ……お前の兄だ。おかえり」

そう言うと、久留里は目を丸くしてまた固まった。まじまじと俺の顔を見てくるが、心ここに在らずといったぼんやり具合だ。

「……久留里？」

「……っはい！　私だよ！」

「何をそんなにぼんやりしているんだ……何かあったのか？」

そう言うと、久留里はぱっと立ち上がってようやく靴を脱いだ。

向かい合って俺の顔を見て、なぜか両手を握りこぶしにした。

「あのさ！　さっきさ、私……」

「うん、とりあえず上がって手を洗ってからにしたらどうだ？」

「え？　あ、そだね……リビングで話すよ～」

「ああ。お茶でも飲むか」

「拙者あったかいミルクティーでお頼み申す！」

「わかった。用意す……」

久留里が洗面所に行きながら言い、俺はすぐにリビングの扉に手をかける。

カチャリと扉を開けたそこには異様な光景が広がっていた。

両親がリビングの奥のダイニングテーブルで向かい合って座ってるのだが、問題は二人の睨み合うような表情だった。えらく緊迫感のある空気がそこにあった。

　母が口を開く。

「そうしたら……四郎くんはそこに関して譲歩する気はないということね」

「私はもう十分譲歩しているつもりだ」

　二人とも穏やかな喋り口ではあったが、どう見てもギスギスしている。

喧嘩をしているのだということに気づくのに数十秒要した。

　俺は両親が喧嘩をしているのを一度も見たことがなかったのだ。

　二人は普段からとても仲がいいのはもちろん、ささいなことで意見が衝突するようなことがあっても、穏やかな父が少し歳下の母の我儘を許し、また、大事な決断では母が年長者の父に譲るというように、バランスよくやっているように感じていた。

　そのバランスが何かの拍子に崩れてしまったのだろうか。母が真面目な顔で言う。

「そう……あなたがそのつもりなら、こっちにも考えがあるわ」

「コウちゃん、どうし………」

　気がつくと久留里が俺の背後から覗き込んでいて、状況を察知して黙った。

「……珍しいね」

　久留里は囁くような小声で言って、音を立てずに扉を閉めた。久留里と顔を見合わせていると、昼寝していたらしい四葉が目を擦りながらこちらに歩いてきていた。

「お兄、お姉、どうしたの？」

「四葉……！　なんでもな……」

俺はとっさに隠そうとしたが、久留里は四葉に言う。

「パパとママが喧嘩してるんだよ」

「えっ」

久留里は俺を見てケロッとした顔で「隠してもしょーがないじゃん」と言う。

確かにそうだった。隠しようもないかもしれない。

「たぶんすぐ仲直りすると思うんだよね。しばらくそっとしておこうよ」

「………そうだな」

「……ん」

久留里の言葉に俺と四葉も頷いた。現段階で俺たちができることはない。喧嘩の際に片方だけと話しても状況がうまく入ってこないことも多い。片方に肩入れしてるような状態になるのも嫌だ。下手に触って激化させるよりは触れないほうがいいかもしれない。

「ところで久留里、さっき話すと言っていたのは」

「い、いや、いいや。もう少しあとにする。なんか今それどころじゃない感じだし……」

久留里は顔を横にぶんぶん振ってそう言った。

確かに、俺も学校であったちょっとしたことなどはすべてふっとんでいた。普段見ない両親の喧嘩はそれくらい衝撃的だった。

俺たち兄妹が廊下で黙り込んでいると、母がダイニングから出てきた。

何か話しかけようとした久留里が息を呑んで黙り込む。

その顔は、見たことのない般若だった。まったく和解した様子はない。

続いて父が出てきた。こちらは不動明王だった。元の人相がよくないので、いつものようにニコニコしていないと完全に反社の人間に見える。

俺たちは半開きにした目と口のまま、両親がそれぞれの部屋に戻っていくのを見届けた。

その静かな怒りに満ちた雰囲気に、俺も久留里も、四葉でさえも、どちらにも話しかけることができなかった。

幸いにも、母は夕食を作ってくれたし、父の分もあった。

しかし、それでもそれは、とてつもなく気まずい食卓だった。

母はものすごい速さで食事を終えると、般若のまま出ていってしまったし、不動明王はなぜかリビングのソファとテーブルで一人で食べている。

　夕食は、母の精神の動揺を表すかのように、ご飯とふりかけ、それから一人一皿の冷や奴であった。しばらく固まっていた俺たちだったが、俺が「いただきます」と言うと四葉も小声で「……いただきます」と言う。

　そして久留里も「うへぇ～……いただきまぁす………」と言った。

　さしもの久留里も状況が状況なので、文句は言わずに箸を取った。

　俺は豆腐があっという間になくなったので、ふりかけで白米をひたすらに食っていた。

　久留里がなぜかささやき声で「コウちゃん、お醤油取って」と言ってくる。

　俺もなぜか声を出さず、物音を立てないようにしながらテーブルにあったそれをそうっと渡した。

「……コウちゃん、これソースだよ……」

　小声で言われて久留里の手元を見ると、確かにソースだった。そして隣に置いていた食卓用の醤油は俺と四葉がかけてなくなってしまっていた。大きめのボトルがどこかにあるはずだ。

「うわ」

　目で探すと醤油のボトルは不動明王の目の前に置いてあった。

　その頭上には目に見えない分厚い雨雲が垂れ込めているかのようであり、俺は立ち上がってそこに行く気になれなかった。

「久留里……」

ごく小声でヒソヒソと話す。

「なに？」

「……今日はソースで食ってくれ」

「え、えぇ？　豆腐にソースなんてかけたくないって！」

「じゃあ、あそこにあるのを自分で取ってこい」

俺が醤油のボトルの所在を指さすと久留里はわかりやすく目を剝いた。

「や、やだよ～！　なんか気まずいじゃん。コウちゃん取ってきて」

「……無理だ……わかるだろう」

「うう……わかるけどぉ」

久留里は豆腐にソースをトポトポとかけて悲しげに食べていた。

「うう……私、この味……一生忘れない」

「一番早く忘れたほうがいい記憶だぞ」

そんなものを覚えてるくらいなら英単語のひとつでも記憶したほうがよほど有意義だ。

夕食を終えると、父は書斎に籠ってしまった。

皿を洗いながら考えたが、どうしたものかわからない。明日になって双方頭が冷えてくれるのを待つばかりだ。

四葉は普段から大人しいし寡黙だが、今は同じように黙っていても表情がどんよりと暗かった。久留里はソース豆腐に憤慨してたが、元来楽観的なたちなのでわりと飄々（ひょうひょう）としているのが救いだ。

俺はモヤモヤした気持ちのまま、風呂（ふろ）に入った。自室に戻ってストレッチをした後、机の引き出しを開ける。

そうだ。こんなときは、夢中になって絵を描いて瞬間的にでも心配ごとを忘れるに限る。

タブレットを出して美少女のイラストを描こうとした。

よし、これは大学に入って初めて後輩に告白された直後の大学二年生、桜田美園（さくらだみその）さんだ。そう思ってペンタブを手に取った。

しかし、なんだか心ここにあらずの状態でうまく線がひけない。ぼんやりと手だけを動かしていたが、なかなか集中できなかった。

俺は自分で思っているより動揺していたのかもしれない。

ふと気がつくと桜田美園さんの体はだいぶゴツく、表情はどことなくロボットのようになってしまっていた。これでは目の前にいるニンゲンを襲おうとしている殺戮（さつりく）ロボットだ。

目が死んでいて無表情なのに口元だけが弧を描き、ほんのり頬が紅潮しているのが余計に怖いというありさまだった。焦って直そうとするたびになぜか猟奇性が増していく。

結局、まったく集中できなかった。俺は、創作というものはえらくメンタルが影響するものなのだということを知った。

俺はまるで自分の本性を表しているかのような猟奇的なイラストに薄ら寒くなり、全部消して、大人しくベッドに入った。寝るしかない。

＊　　＊

翌朝、目が覚めてすぐに両親が喧嘩中なことを思い出す。

あのあと仲直りしてはいないかという淡い期待を打ち砕くように、父は寝室ではなく、リビングのソファで寝ていた。

両親の不仲というのは家全体の雰囲気を暗くする。

俺は毎朝、起きるとゴミ拾いをしながら近所を走り、そのあと公園でラジオ体操をするが、今日はだいぶ気が重くてそんな気になれない。

いや、こういったときこそあくまで普段通りのルーチンをこなすことが大事なのだ。

俺は自分を鼓舞して家を出た。

猛烈に走ったあと行った公園には、いつもの『健康会』のメンバーが集まっていた。主に近所の老人で結成されたラジオ体操仲間だ。俺以外はのきなみ七、八十代、最年長は九十二歳である。俺は普段よりキレのある動きで心を無にしてラジオ体操をした。

いつもラジオ体操が終わると俺は帰るが、他の人たちはそのまま井戸端会議のようなものを始める。

「あ、お兄ちゃんも、これ持っていきな」

「ありがとうございます」

誰かが持ってきていた南部煎餅とかりんとうをもらい、その場を辞去しようとしていると、婆さんたちの会話が耳に入ってきた。

『熟年離婚』そんな単語が聞こえて足を止める。

――離婚。

両親の顔が浮かび、また喧嘩のことを思い出す。

いや、そんな、まさかな。

普段は人がしている会話なんて聞かないのに、思わず耳を澄ませてしまう。

しかし、続いて聞こえてきたのは『腰痛』だとか『セサミン』『かかりつけ』だとかそんな単語交じりだったので、話題が変わったようだった。

近くで別のグループが太極拳を始めたので俺は頭を横にブンブンと振って家に戻った。

シャワーで汗を流してからダイニングに入ると四葉が中にいた。

「お兄、これ、テーブルにあった……」

四葉が持ってきたものを見てギョッとした。

それは緑の枠で縁取られた離婚届だった。漢字が読めなくとも喧嘩に関係するものと察知したらしい。四葉はむうと唇を引き結び、眉根を寄せている。

「父さんと母さんは今何してる？」

「なんか二階で話してる……」

和解だろうか、さらなる決裂だろうか。危機感を募らせた俺は叫んだ。

「久留里！」

ソファに寝転がっていた久留里が忍者のようにシュッと顔を出した。

「あい兄キ！」

「て、偵察に！」

「がってん！　兄キ」

図体のでかい俺が行くより物音が静かだろう。小ささでいったら四葉だが、小三の子どもに聞かせたくないような話をしている可能性も鑑みて久留里に偵察に行ってもらうことにした。

四葉と共に静かに待っていると、やがて久留里が忍び足で戻ってきた。

「なんかさぁ……寝室で話してるみたいだったんだけど……」

「ああ、どんな感じだった？」

「親権の取り合いが始まってた」

「気が早すぎるだろ！」

というか、喧嘩から離婚への進行が早すぎる……！

「どっちも全員欲しいって言って譲らなかったね」

「そうか……」

そのとき気づいた。

もし本当に離婚したら、俺と久留里は離れ離れになるかもしれない。

久留里の話だと、どちらも全員連れていきたいようだが、そうはならないだろう。もともと久留里は父の連れ子、俺は母の連れ子なのだ。親権は母親が取りやすいと聞くので四葉も母が連れていくことになる。

もちろん本人の希望もあるかもしれないが、父が一人になってしまうと知れば、久留里だって無理に母に付いていくことはしないだろう。

久留里と離れて暮らす。

久留里が近くからいなくなる。

それは想像しただけで、風の吹き荒(すさ)ぶ荒野に一人立つかのような寂寥(せきりょう)感があった。

いなくてもやっていける。しかし、久留里という妹のいない俺の人生は、きっと想像以上に味気のないものだろう。

というか、この状況下で両親によって、家族の血縁の秘密が久留里や四葉(よつば)にも伝えられることになるかもしれない。そう考えると、とても暗い気持ちになった。

せっかくの週末だというのに、わが家には払いきれない暗雲が垂れ込めていた。

ふと見ると四葉が部屋の隅で膝を抱え、体に黒い瘴気(しょうき)を纏(まと)ってどんよりとしていた。暗い座敷童(ざしきわらし)のようだった。

俺は近寄って優しく声をかけた。

「よ、四葉、アイス食べないか?」

俺の問いに、四葉はふるふると力なく首を横に振る。

「た、楽しい踊りでも踊ろうか?」

俺の問いに、四葉は胡乱(うろん)な目で俺を見て深いため息を吐いた。

「じゃあ……じゃあ……」

困った。八歳女子のテンションの上げ方がまったくわからない。男子ならクワガタでも差し出せば多少上がる気がするが、四葉は女の子で、おまけに虫が嫌いだ。差し出したところで、どでかい悲鳴は上げるかもしれないが笑顔を見せることはないだろう。

「く、久留里！」

「あい兄キ！」

叫ぶとキッチンカウンターの陰から久留里がにょきっと顔を出す。

「久留里……な、何か、四葉を励ます案を……」

黒いモヤモヤを身に纏い、闇堕ちしている四葉を見た久留里はうーんと考え込んだ。

「よっし！　みんなで、遊園地行こう！」

「久留里！　さすが陽気なパリピ脳だ！　家にいても暗くなるだけだしな。そうしよう！

四葉……」

四葉の周りにはまだ黒いモヤモヤが漂っていた。久留里が平然と声をかける。

「行こうよ！　今日は四葉が可愛いって言ってたエナメルのバッグ貸してあげるよ〜」

四葉はパッと顔を上げ、黒いモヤがふわんと霧散した。

「………い、行く！」

すごい。

俺には逆立ちしてもできない女子的なテンションの上げ方だ。そんなもんでテンションが上がるという発想自体がなかった。

「よし！　行こ……」まで言ったときにバタンと音がした。

般若……もとい、母が入ってきたのだ。

一瞬で久留里と四葉と顔を見合わせて頷く。

喧嘩をしているのは両親であって、俺たちは関係ない。父と母、それぞれに挨拶などをしてテンションを和ませるのがいいかもしれない。

誰かが何かを言おうとしたところ、また扉が開いた。

父が入ってきて、母と顔を見合わせて睨み合う。

そして、「ふん！」と、どちらのものかわからない鼻息を吐き、勢いよく顔を逸らし、出ていった。

「小学生か！」

俺の思ったのとまったく同じことを久留里が叫んだ。

その後、部屋の空気は再びどんよりしていたが、それを壊すように久留里が口を開く。

「遊園地、行こーか」

「ああ、行こう」

俺たちは準備をして揃って玄関を出た。

道中は全員がはしゃぎきれず、なかなか気の塞ぐものだった。もともと無口な四葉は黙り込んでいたし、飄々としているように見えた久留里まで、ぼんやりと何かを考え込んでいたりする。俺も切り替えたつもりが心配性で暗い性格なため、すぐに今後のことなどを想像してどんよりしてしまう。

俺たちは過酷な使命を背負った戦士のようにしかめ面でバスに乗り、電車に乗り、近隣で一番近い鶴苑遊園へと降り立った。

遊園地には幸せそうな家族連れがわんさかいた。

いや、もちろんカップルや学生の友達グループらしき人たちもたくさんいたのだが、こういうときにはなぜか幸せな家族がやたらと目についてしまう。

四葉はあからさまにそれらをじろじろと見ていたが、やにわにぐっと唇を引き結び、俺と久留里の手をぎゅっと握ってきた。そして、珍しく大きな声で言った。

「…………あしょぶ！」

もともと舌足らずなのに興奮しているせいか、ろれつがうまくまわっていない。四葉は静かにキレ散らかしていた。

四葉は無言でジェットコースターに並び、三回連続で乗った。悲鳴ひとつ上げず、真顔で降りてからはぁ、と特大のため息を吐いて、今度はメリーゴーランドへとずんずん歩いていく。

俺と久留里はその謎の勢いに圧(お)されつつも、あとに付いていく。

俺は真顔で白馬に乗ってクルクルまわる八歳の写真を撮影した。それから愉快な空中ブランコにつまらなそうな顔で乗る八歳も撮影した。

こんなに楽しげな空間にいるというのに、四葉のどんよりは治っていなかった。

不安になるが、気がつくと久留里があまりに呑気(のんき)な顔でクレープを食べていたので多少脱力した。

「いつの間に買ったんだ」

「さっきだよ！　苺(いちご)チョコバナナクリームだよ！」

四葉が久留里の声に顔を上げる。

「四葉も食べなよ。はい、あーん」

久留里が差し出したクレープを四葉はムシャァと最大の大口で齧(かじ)り、口の周りにクリームを大量につけたまま、モクモクと咀嚼(そしゃく)する。

そして、気色ばんだ顔で怒りを爆発させ始めた。

「もーーーーッ！　なんなの！　喧嘩なんかして！　よっ、よちゅばたちに話もさせないで……！　きゃんく、りょばいさんじゃけぅ!!」

よほど興奮しているのか、最後のほうは何を言っているのかまったく聞き取れなかった。

「四葉、落ち着いて。ジュース飲む？」

「にゃむぅ！」

四葉は久留里が差し出したリンゴジュースをぐいぐいと一気飲みした。

「ぷっはーっ！　も、も、もう知らにゃい！　あんなパパもママも、もう知らないお！」

四葉が小さい酔っ払いのようになってしまった。久留里と顔を見合わせる。

「お兄、お姉……」

「ん？　なんだ？」

「なになに？」

久留里と一緒に四葉を覗（のぞ）き込む。

「もう……パパもママもいらん！　お兄とお姉が代わりに四葉のパパとママになって！」

無茶振りしてきた。

「え？　いーよぉ。なるなる！　なんにでもなるよぉ～」

「久留里、よく考えずに安請け合いするな！」

「え？　駄目？」

きょとんとする久留里の横で四葉が俺の服の裾をぎゅっと握ってくる。

「お兄……お願い。今日一日だけでもいいからぁ……！」

「んぐ……っ」

四葉がうるうると目を潤ませはじめた。こうなるとそれが嘘だろうが誠だろうが俺はそれを全力で叶えるしかない。可愛がっている八歳の涙はダイヤモンドよりも尊いのだ。

「よし、久留里、やるぞ！」

「えっ、コウちゃん……マジのマジ？」

「ああ、四葉がそうしてほしいというのだから、やるしかない」

久留里は四葉の顔を見てからこくりと頷いた。

そして、久留里はオホンと咳払いをしたあと、なぜかしなをつくって大人っぽい声を出した。

「……あなた、今日の夕飯はどうする？」

「ぎ、餃子だ。四葉は餃子が好きだからな」

「パパ、ママ、ありがとう……餃子好き！」

「………」

しかし、そこまでで全員が真顔になり、小芝居は止まってしまった。

というか、これはお兄、お姉の部分がパパ、ママに変換されただけで、いつもとそこまで変わらない。久留里もそう思ったのか、方針を変えてきた。

「あなた、この間スーツに香水の匂いがついてたけど……」

「え？　えぇ!?　そ、それは、経理の木梨君だろう」

「スーツに長い髪の毛もついていたけど……木梨さんて、どんな方なのかしらねぇ」

「馬鹿なことを言うな。木梨君は髪の長い、たくましい男性だ」

「イヤリングが車に落ちてたのは？」

「……それも木梨君だ！」

「じゃああなたのシャツに口紅がついてたのは？」

「それも木梨！」

「木梨何もんだよ！」

「俺にもわからん！　というか、妙な設定をつけるな！　仮想夫婦まで喧嘩しだしたら目も当てられないだろ！　俺たちは仲のいい夫婦だ！　わかったか！」

「わっ、私とコウちゃんが……なかのいい……ふうふ……わ、わかった！」

久留里はぱっと表情を持ち直した。

「……じゃあ、木梨のことはもう忘れる。ずっと私だけなのね。愛してるって言って！」

「そこまでいくとまた趣旨と外れないか？」

「だってわかんないしさぁ……とりあえず愛してるって言って！　目を見てなるべく大きな声でハキハキと！」

「…………」

普通の夫婦は遊園地で夫が大声で妻に愛を告げるだろうか……。いや、しかし、ここは仲のいい夫婦を演じるべきではある。

「あ、愛…………し……？　うーん……」

「コウちゃん……」

「ううーん」

「コウちゃん！」

「なんだろう……いまいち摑めないというか……何か違う気がする……」

「もっと役になりきらなきゃ駄目！　プロ意識が足りないよ！　ちゃんと真剣に！　四葉の目を辛い現実から逸らしまくってあげなくちゃ！　ちょうだい！　愛！」

「そ、それはそうなんだが……」

考え込んでいると、四葉が大声を出した。

「パパ、ママ！　次はあれに乗ろう！」

「よしきた俺の娘！　ははは」

「うふふふ。乗りましょう私の可愛い子！」

白々しい芝居をしていると周りが「随分と若いご夫婦ね」と言ってるのが聞こえてきた。

どれだけ無理があろうが、本人たちがそう言ってるのだからそうなのだろうと信じるよりない。信じてくれ。

そう思ってそちらをキッと見ると、パッと目を逸らされた。

久留里がやにわに嬉しそうな顔で俺を肘でツンツンとつつき、小声で言ってくる。

「見えてる見えてる！　完全なる夫婦だよ～私たち！」

そして、久留里は虚空を見つめて「ふうふ……」と呟いてから両の頬を押さえ、ほんのり赤くなった。

夫婦。

そういえば、俺と久留里は血がつながっていないのだから夫婦にだってなれる。

これは、なりたいとかそういうことではなく、あくまでそれが可能であるというただの事実だ。

　しかし、そう考えると思考がフリーズしてしまう。

　一瞬で真顔になった俺とは反対に、久留里はだんだん調子を上げてくる。

「ねぇねぇ、コ……あなた！　そろそろ四葉にも妹か弟がいたらいいと思うの」

「……なっ、何を急に……っ！」

「フーフとして、考えなくちゃ！　いつ作る？」

「あ、阿呆！」

「なんだとこの馬鹿！」

「反射で言い返すな！」

　ふと見ると、四葉はぼんやりと立ち尽くし、俺たち馬鹿偽夫婦のことは完全に見ていなかった。

　顔を覗きこむと、半目でうつろだった。

　そして、この上なく冷静なトーンではっきりと言った。

「ごめん。やっぱりちがう」

　四葉は袖で目を擦り、「……トイレ」と言って、近くのトイレのほうに行ってしまった。

　俺はその隙にさっそく久留里の演技指導に入る。

「……久留里、違う。違うぞ」

「何が？　かなり夫婦だったと思うよ！」

「違う。お前が演じているのは頭の中で作られた、いつかどこかで見たような夫婦のモデルケースに過ぎない。必要なのはリアリティなんだ。リアリティというのはもう少し仕草や言葉の端々に表れるもので……ステレオタイプの具現化じゃない。もっと自分自身がなりきらないと……」

「えー？　何言ってんのかよくわからないよ」

正直なところ、俺にもよくわからなくなってきていた。俺は一体何を言っているのだ……。今はいつで、ここは一体どこなんだ。

急に妙に冷静になって辺りを見まわした。

遊園地は子どもの笑い声や誰かの話し声で満ちている。少し遠くでは大きな観覧車がまわっている。

梅雨の合間にぽかぽかと晴れた陽気はとても心地いい。本来ならこんな日に兄妹(きょうだい)で遊園地に来ているのはとてもほのぼのとした家族団欒(だんらん)のはずだった。

俺は何かむなしいような気持ちになってはぁと馬鹿でかいため息を吐いた。

「久留里……」

「うん？　なーにー？」

「もし……本当に父さんと母さんが離婚したとして……」

チュロスのフードトラックをじっと眺めていた久留里が俺の言葉に黙ってこちらを見た。

「何があっても、俺たちは揺るぎない家族で、兄妹だ」

「……コウちゃん」

「たとえば……たとえばだが、離れ離れになったとしても……」

「うん」

「俺たちは家族なんだ……」

目頭を熱くさせている俺の頭を久留里が背伸びしてぽん、ぽんと優しく叩く。

「コウちゃん、大丈夫だって」

「……ああ」

「あんな喧嘩……すぐに終わるから。ね？」

そうやって頭を撫でられながら声をかけられると、久留里より俺のほうがよほど動揺している気がした。これではいけない。俺は、兄なのだ。心配をされていてどうする。俺は深呼吸をして気持ちを落ち着けた。

しばらくして久留里が辺りをキョロキョロと見まわした。

「四葉遅いね。見てくる」

そう言って、久留里は四葉の行ったトイレのほうへ向かった。

引き続き深呼吸をして待っていると、久留里が小走りで出てきた。

「コウちゃん大変！　トイレ誰も入ってなかった！」

俺は頭を抱えた。

「四葉……」

急いで周りを見まわし、捜しまわるが近くに姿は見えない。

「俺はもう少し辺りを捜してみる。久留里、インフォメーションセンターに行ってくれ！」

「わ、わかった〜」

捜しながら走りまわっていると、迷子アナウンスが聞こえてきた。

辺りを見まわしてから、走ってインフォメーションセンターへと向かった。

「四葉来たか？」

俺の言葉に久留里が首を横に振る。

もう一度放送をしてもらい、二十分ほど待った。

待っているその間は地獄のように長く感じられた。

矢も盾もたまらずもう一度捜しにいこうとしていたところ、四葉がひょっこりと現れた。

「よ、四葉‼」

久留里がわっしとその身を抱きしめる。

「心配したよ〜！」

「……ごめん。ぼうっとしてた。トイレ出たらどっちから来たかわかんなくなって、道に迷っちゃった……」

しょんぼりはしていたが、思ったよりも悲愴(ひそう)な感じはなかったので安心した。

「……お兄、汗だく」

「走りまわったからな……」

「お兄……ごめんね。ありがと」

四葉がきゅっと抱きついてきた。それをしばし抱きしめて、頭を撫でた。

「……もう帰ろっか」

久留里がぽつりと言って、それに「そうだな」と返す。

「帰って、父さんと母さんと、ちゃんと話そう」

「うん、それがいいよねぇ」

心配ごとがある状態でこれ以上グダグダと遊んでいても楽しみきれない。それならば家に帰ってきちんと話したほうがいいだろう。

インフォメーションセンターの人たちにお礼を言って出口に向かう。

遊園地の門を出た。そのときだった。

「よんちゃぁあぁぁーーーん‼」

「ぃ四葉ぁァァーー‼」

聞き覚えのある声がダブルで聞こえ、見ると両親がこちらに激走してきていた。

「パパ……ママ……」

四葉があんぐりと口を開ける。

久留里(くるり)が俺の隣に来て小声で言う。

「ごめん。私、四葉がいなくなってすぐ……ママに連絡しちゃった」

「………実は俺も、捜しながら父さんに連絡を入れた」

そして、四葉が無事に出てきたことで俺も久留里もその後の連絡はすっかり忘れていた。

両親はそのまま速度を緩めずに走ってきて四葉を挟み込むようにわしっと抱きしめた。

「むグゥ！」

「よんちゃん！」

「四葉(よつば)‼　無事だったか！」

二人は四葉を挟んで安堵の声を上げた。

「パパ、ママ……喧嘩は？」

「離婚は？」

「どうなった？」

四葉と久留里と俺が矢継ぎ早に話しかけると、両親はハッと顔を見合わせた。

母が口を開け、びっくりした顔で言う。

「わ……」

「うん？」

「忘れてた〜。よんちゃんが……遊園地で急にいなくなったって聞いてから……すぐ四郎くんに言って」

母の言葉を父が継ぐ。

「ああ、すぐに一致団結して車を出し、一番早いルートで、かっとばして来たんだよ」

母は決まりの悪い顔で頭を掻いた。

「……四郎くん、ごめんなさい。私、ついカッとなっちゃった」

「……いや、私のほうこそ本当にすまない。大人げなかった」

「はーいはいはい！　パパ、ママ、あくしゅー！」

久留里が両親の手を引き合わせ、両親が互いの手を握る。

「ひゅーー！　仲直りーー！」

久留里が間抜けな合いの手を入れるので、緊迫感はまるでない。喧嘩はその場であっさりと収束した。

「みんなごめんね。気を遣わせちゃって～」

「ああ、心配かけてすまなかった」

両親が俺と久留里と四葉をそれぞれをゆるく抱きしめて謝罪した。

久留里がはーと息を吐いて言う。

「すっごい心配したよね～。何しろ豆腐をソースで食べるハメになったし」

だいぶ根に持っているようだ。

「そうだ！　私はお詫びのプレゼントを要求する！」

「……四葉も」

「うんうん。なんだか巻き込んじゃったもんねぇ……好きなもの買ってあげるわ」

母がそう言うと、久留里と四葉はニンマリと笑って互いの手のひらを合わせた。妹たちはどこまでもちゃっかりとしている。

「コウちゃんもなんか買ってもらいなよ！」

「そうだね。光雪くんもなんでも言ってくれ」

「いや、俺は……仲直りしてくれただけで十分だ……」

俺にとっては、家族の平和が戻ってきたことが何よりのプレゼントだ。

来るときはバスと電車だったが、帰りは両親の乗ってきた車に全員で乗り込んだ。こうして家族が仲よく揃っているのは本当に素晴らしい。

父が運転をしながらしみじみ言う。

「長年夫婦をしていると……距離感がおかしくなってくる。相手と自分の境目が曖昧になるというか……自分が思うように相手が考えているに違いないと……なんとなく理解できているように思ってしまっていた。でも、他人なんだよなぁ……」

助手席にいる母もしみじみとした声でそれに返す。

「そうね。何年も夫婦してると、どこで変わったとかでなく、本当にちょっとずつ、だんだん似てくるから……いつの間にか私もつい……そんなふうに思ってた」

車に乗って速攻で寝落ちした四葉の頭の位置を直していた久留里が口を開いた。

「あ、そーだ。喧嘩の原因はなんだったの？」

「あぁ、冷凍庫にいただきものの毛蟹があったんだが……」

「そうそう、甲羅に酒を入れるかグラタンにするかで決裂したのよぉ」

「は⁉」

久留里が信じられないというような顔でピシリと凍りついた。

「そ、そ、そんなくだらない理由で……⁉」

「いや、こんなことになるくらいなら……新しく毛蟹を買って、両方やればいい」

父がキリッとした声で言う。

「四郎くん、さすが！　私もそう思ってた！　何度でもやり直せばいいよね」

久留里を見ると、思い切り眉を顰めていた。

「こっ、こんなくだらないことのために……私は……豆腐にソースを……」

久留里はぐぬぬと唸った。また豆腐のことを言っている。

それにしても、無事仲直りして本当によかった。

家族が離れ離れになるなんて、少し想像しただけで耐え難かった。

今、俺が愛している家族は、未来には俺たちの就職や結婚などで形を変えるだろう。そのままでいるのは健全ではない。今あるのはごく短い期間の家族の形態に過ぎない。

そしてその家族は、誰が一人欠けても成立しない。皆が平穏で、幸せであることでやっと維持されている。今の家族の形は、ほんの少しの変化であえなく崩れ去る可能性がある。

その平和や均衡は、案外脆いものなのだということを実感していた。

酷く安堵した俺は家族揃って帰る車の中、静かに泣いた。

＊久留里の沈黙

帰りの車でコウちゃんが、静かに一粒涙をこぼしているのに気づいてぎょっとした。

以前家族で観て、ほか全員が大号泣していた映画も、コウちゃんは一人だけ泣かなかった。小、中学校の卒業式も、足の小指を箪笥の角にぶつけたときだって真顔。滅多なことでは泣かない人なのだ。

市役所で戸籍謄本を取って事実を知った私は、本当はすぐにコウちゃんに言おうと思っていた。

けれど、直後の両親の離婚騒動で、なんとなく言いそびれてしまった。

それは、本当になんとなくだった。コウちゃんが慌てていて、四葉が落ち込んでいて、落ち着いて言える状況ではとてもなかった。私にとっても軽い案件じゃなかったから、だから騒動がきちんと落ち着いたら話そうと思っていた。

けれど、この騒動の最中に、ひとつ疑問が頭を過ってしまった。

コウちゃんはあのことを本当に知っているのだろうか。

まだ、知らないという可能性は、本当にないだろうか。

コウちゃんには春から隠しごとがあるようだった。だから私は、てっきり隠しごとはそれだとばかり思っていたが、それは本当に、本当だろうか。

遊園地でコウちゃんは私に、何があっても自分たちは揺るぎない兄妹だと言った。

コウちゃんは四葉のために走りまわり、両親が仲直りして涙ぐんでいた。

コウちゃんは強い家族愛を持っている。友人も少なく、愛というリソースのほぼすべてを家族へまわしている。

その狂信的なまでにまっすぐな家族愛を嬉しくは思うが、離婚騒動で強く目の当たりにして不安になった。

コウちゃんは、私だけじゃなく、パパとも血がつながっていないのだ。もし知らないのに私が教えたら、相当なショックを受けるだろう。

コウちゃんは頑固で思い込みが強く、キレたら冷静さをミクロも残さず失うタイプだ。変な伝え方をしたら崖にダッシュして勢いのままピョンと飛び降りかねない。

崖ピョンだ。そう思うと背筋が寒くなった。

そして、考えてしまう。

ことがことだから、もう少し様子を見て、ちゃんと知っているか確認したほうがいいかもしれない。でも、直接聞くわけにはいかない。遠まわしに探りを入れなくてはならない。

そして、もし本当に知らなかったのなら、そのときは黙っておいてあげたほうがコウちゃんは幸せなんじゃないだろうか。絶対に知りたくないだろう。運よく崖ピョンまでいかなかったとしても、家族を揺るがす秘密を知ったコウちゃんが非行に走ったり、人格が完全に変わったり、耐えきれずに出家したりなんてことは十分にありえるのだ。

ここは慎重に。まず、知っているか、探りを入れる。そして、知らなかったなら、そのときは黙っているのが一番だ。

しかし、私のような性格だと、黙っているのはとても辛い。

言いたい。

私は今まで、あったことはなるべくすべて、包み隠さずにコウちゃんに伝えてきた。嬉しいことがあった日はもちろん、その日食べたものの報告、道で転んだとき、友達と喧嘩したとき、お兄ちゃんに私のことをなんでも聞いてほしいし、知ってほしい妹なのだ。

それに、知らなかったのなら、知ってもらいたい気持ちだってもちろんある。

どっちだとしても、話したい。そもそもコウちゃんと共有できない悩みがある時点でストレスが強すぎる。

気がつくと車窓からは見慣れた近所の道が見えていた。

「コウちゃん……」

「うん？」

「世の中には、黙っていたほうがいいこともあるのかな……」

「なんだそれ？」

「その、つまり……円滑な人間関係や、誰かを傷つけないために、沈黙を貫き通す……」

「そうだな。それはもちろんだ。口は災いの元という諺（ことわざ）もある。なんでもペラペラ言葉にして言って、周りをかきまわすのはよくない」

「そうだよね……」

「だが……」

「えっ？」

「久留里（くるり）、お前がそれで辛（つら）くなったりするなら、言えるところに吐き出すのも大事だぞ」

コウちゃんは「俺が聞けることなら、言ってくれ」と笑う。

コウちゃんには言えない、コウちゃんには隠したいことなのだ。

でも――本当はコウちゃん本人に一番言いたい。すっきりしない！

そして、聞きたい！

コウちゃんはもう知ってるの？　知らないの？

私たちの血が、つながっていないこと。

聞くわけには……いかないのだ。コウちゃんが崖ピョンしたら後悔してもしきれない。

でも、さっさと確認したいし、聞きたくてたまらない。

「くぅ……教えてお爺さん……」

「ハイジか？」

妙にすっきりしている顔のコウちゃんを睨みつけ、私は奥歯をギリギリと噛みしめた。

無事に家に着き、車を降りると、コウちゃんが呑気な声で私に言う。

「久留里、庭の木で蟬が鳴いてるぞ。もう夏だな」

言われてみれば、どこかにいるのか、夏の到来を思わせる蟬の声が、近くでミンミンと鳴り響いていた。

第二章　水着とスイカと暴露

色々あったが無事に高校二年生の一学期が終わり、今日は終業式だった。

体育館での式のあと、ばらばらと教室に戻っていく生徒たちの中、同じ生徒会役員で同じ学級委員の渡瀬詩織（わたらせしおり）を見つけた。完璧な優等生である彼女は今日も背筋をぴんと伸ばし、姿勢よく歩いていた。

「渡瀬」

「あら、入鹿（いるか）くん」

いつも通り、隙のない真面目な表情でいた彼女は俺が声をかけるとほんの少し相好を崩して答えた。

渡瀬には少し前に相談を受けて、友人になってくれと言われた。

俺はそれを了承し、彼女は俺を映画に誘ってくれていたのに久留里の家出騒動があったため直前で断ってしまった。それについてはとても申し訳なく思い、後日謝罪をして、最近では友人として以前よりもきちんと声をかけるようにしていた。

「……しばらく、お別れね」

渡瀬はどこか憂いを含んだ表情で言った。体育館のざわめきの中でも彼女の声は凛としていてよく通る。彼女にはどこか気圧されるような、威風堂々とした空気感がある。

「……渡瀬は、夏休みはどこかに行くのか？」

「親戚がやってる旅館で短期バイトをするくらいかしら」

「大変そうだな。何か買いたいものでもあるのか？」

「いえ、そこで稼いだ分はすべて貯金するつもりよ。ほとんど社会勉強。入鹿くんは？夏休み、どこかに行ったりする予定はあるの？」

「俺は……いつも通りだな」

毎年夏休み中でも、剣道場に行く頻度が少し上がるくらいで、さほど生活に変化はない。

「あの……入鹿くん、夏休み中……」

渡瀬が何かを言いかけたそのとき、「渡瀬さーん」という声が聞こえた。

きょろきょろと辺りを見まわした渡瀬が声の主を発見する。

「あ、いたいたー。渡瀬さん、吉岡先生が呼んでる」

「すぐに行くわ」

渡瀬はふっと息を吐いて、俺に笑いかける。

「何か言いかけてなかったか？」

「ううん……いいの。じゃあね」

俺は渡瀬に手を振り、体育館の出口へと向かった。

出口の脇あたりに久留里がいて、友人の七尾美波と顔を寄せ合い笑っていた。

久留里はこちらに背を向けていたが、美波が俺を見て久留里に何ごとか言う。

振り返った久留里がぱっと満面の笑みを浮かべた。

「わーいコウちゃんだ！　やっほう！　すごい久しぶり！」

久留里は最近は以前ほどベッタリとはくっついてこなくなったが、嬉しそうに俺の周りをくるくるまわる。

「そうだな。朝ぶりだな……」

「ねねね、今日は一緒に帰れる？」

「ああ、大丈夫だぞ」

「そしたらさぁ、帰りに……」

話し始めた久留里に、美波がつんつんとつついて声をかける。

「久留里さん、あの話……考えてくれた？」

「あっ、そうだった！」

「ん？」

美波の言葉を受けた久留里が俺に向かって言う。

「あのね、美波のおばあちゃんちに一緒に来ないかって、誘われてたんだ」

美波を見ると頷(うなず)いてから俺に説明してくれた。

「母方の実家で、毎年夏休みの前半に兄妹で行ってるんですけど、やることもそうなくて……そもそもこの歳(とし)になるとお兄ちゃんと二人でどっか行っても楽しくないしで……久留里さんが来てくれたら楽しいと思って。会長もいかがですか？　そしたらお兄ちゃんも喜びますし」

「え？　俺もいいのか？」

思わず辺りを見まわすとちょうど出口付近へ来ていた美波の兄の七尾優樹(ゆうき)と目が合った。

彼は俺のクラスメイトで、数少ない友人だ。美波と俺が揃(そろ)っているので声をかけてくれた。

「どうかしたんですか？」

「お兄ちゃんあのね、お祖母(ばあ)ちゃんちに久留里さんと会長誘ってたんだ」

「え、会長も来れそうなんですか？」

「そっちに問題ないなら同行させてもらうが……」

久留里が他所(よそ)様の家で問題行動を起こさないか心配だ。同行可能なら兄である俺は、監督者として一緒に行くべきだろう。

「ぜ、ぜひ来てください！　美波と会長の妹さんが揃ったら僕の息をする居場所なんてゼロなんで！」

なんとなく気持ちはわかる。美波はそうさわがしいタイプではないが、それでも年中お祭り娘の久留里と揃うとはしゃいでいるし、女子高生が集まると謎のパワーが生まれる。俺もだが、七尾のようなタイプも身の置き場が少なく感じるだろう。

「コウちゃん、美波のおばあちゃんち、すごい広いんだって〜」

久留里は嬉しげに俺に言ったあと、美波へと向き直る。

「そだ。美波、そしたら妹も連れていってもいい？」

「もちろんだよ〜」

「やったぁ！　コウちゃん、楽しみだねぇ！」

こうして、夏休みに入ってすぐ、入鹿三兄妹で三泊四日、七尾兄妹の祖父母の家へ行くことが決定した。

＊　　＊

帰宅してすぐに母と四葉に話すとすんなりとオーケーが出た。

どの道お盆までは学生しか夏休みではないし、母の仕事は盆暮れ正月はあまり関係ない。むしろ出版社がお盆進行になるので仕事が前倒しになり、夏休みは忙しいくらいで、そんな中、俺たちが四葉を旅行に連れていくことはありがたいようだった。

俺は数日前から準備をするタイプなので、さっそく必要なものを部屋でまとめていた。

そうしていると、忙しないノックのあと、久留里が俺の部屋へ現れた。

「コウちゃん！　水着買いに行かなくちゃ！」

「水着？」

「あんね、近くにしょぼいビーチがあんだって！」

「しょぼい……」

俺の脳裏に枯れかけのヤシの木が一本だけ生えたビーチが浮かんだ。陳腐すぎる。

「そのしょぼさゆえ、ぜんぜん混んでなくていい感じなんだって！　水着いるっしょ」

「去年のがあるだろう」

「コウちゃーん……私は成長期の女子高生なんだよ！　去年のなんてとっくに胸がきつくなってるっつーの！　これからコウちゃんも一緒に買いにいこ」

「そういうのは美波さんと行ったらどうだ？」

「うーん、コウちゃんが一緒じゃないと……」

久留里はそこまで言って唇を尖らせた。

「ん？」

「コウちゃん、それはきわどいだとか、布の面積が少なすぎるとかさぁ、あとでしこたまうるさいじゃない？」

「む……常識の範囲内なら言わないが……」

「べつに私の常識で選んでいいならいいけどさー、コウちゃんと私だと常識の範囲内が著しく違うんだよねぇ」

久留里は腕組みして片方の眉を上げながら言う。

「あとで返品して他のと替えてこいとか、絶ッ対に言わないなら、一緒に来なくてもいいけど」

「わかった……一緒に行こう」

「ね、そのほうが早いでしょ」

俺と久留里はすぐに家を出て、駅裏にある水着がたくさん置いてある店へと行った。

久留里の水着の試着は十を余裕で超えた。

異なる常識の擦り合わせ。それは思ったよりも大変な作業であった。

久留里が水着を着て試着室を開けるたびに、俺は叫んだ。

「どこのサンバカーニバルだ！　さすがにそれは日本の女子高生が海で着ていいやつじゃないだろう！　却下‼」

「ふぁい」

着替えた久留里がまた試着室を開ける。

「駄目だ駄目だ‼　破廉恥極まりない！　そんなのを着ていたら勝手に撮影され拡散され家を突き止められ大変なことになるぞ‼　危機感を持て‼」

「えー、そうかなぁ」

不満げな顔をしつつも、着替えた久留里がまた試着室を開ける。

「生地がテラテラしていてＳＭの女王様を連想させる！　却下！　次！」

「……連想するほうがスケベだと思うけどなぁ……」

ぶつくさ言いながら着替えた久留里がまた試着室を開ける。

「却下だ！　そんな布面積じゃオークに遭遇したときすぐに攫われてたいへんな目に遭わされるぞ！」

「……コウちゃん本当に十八禁漫画読んでないんだよね？」

「読んでない！　一般教養だ！　次！　いや待て、その手に持ってるのはなんだ？　これは水着じゃなくて荒縄だ！　最初から着る必要さえもない！　却下！　戻してくるぞ！」

「あぁー！　待ってよー！　布もちょっとついてるってばあ！」

「ちょっとじゃ駄目なんだよ！　ちょっとじゃ大事なところも、忘れたくない想いも、何も守れないだろ！」

「うがー素っ裸でも守れる想いはあるよ！　じゃあこれにする！　これならただのビキニでしょ！」

「これはさっきのと同様、アイテム名が『ただのビキニ』じゃなくて『女騎士のビキニアーマー』だ！　装備すると魅力が上がるが守備力がゼロになり、敵をおびき寄せる付加効果があり、あげく呪われてて外せない！　却下！」

「にゃー！　じゃあこっち……ちょっとだけティーバックに近いけど色合いが……」

「もういい！　俺がマトモなのを選ぶ！　布量が豊富なやつもたくさんあるじゃないか！　お前はさっきから一体どこからサンバ用やら女騎士御用達のものを持ってきてるんだ！」

「やだやだー！　せっかくだから華やかで可愛いやつを自分で選びたいもん！」

「布が多いやつから可愛いのを選べ！」

「阿呆みたいに布布って、水着で重要なのは布面積じゃなくてデザインだっての！」

「じゃあ布が多くても可愛いデザインのはあるだろう！」

「ムキィィ！」

数時間かけ、俺と久留里の妥協点として、しごくシンプルな水色のビキニの水着に落ち着いた。上は後ろで結ぶようになっている。下は切れ込みがやや深い気がしたが、上にショートパンツのラッシュガードを穿く約束で妥協した。

「まぁ可愛いんだけど……地味過ぎないかなー」

「お前はさびれたビーチでなんの祭りを想定しているんだ。ろくに人もいないだろう」

「人が見るとか見ないとかじゃないの！　ほかに誰もいなくても可愛い水着はテンションが上がるんだよ」

「大丈夫だ。大丈夫だから……久留里、お前が着れば宇宙一お洒落（しゃれ）で可愛いからそれで大丈夫だ」

「えー、ほんとう？」

だいぶげっそりとした俺を見て、久留里は仕方ないなといった様子で頷いた。

＊　　＊

出発の日はすっかり梅雨が明けていて、とてもいい天気だった。

久留里と四葉は揃ってつばの広い帽子とワンピースにサングラス姿でポーズを決め、バカンスを満喫する気満々だった。

高校の最寄り駅で七尾兄妹と待ち合わせ、合流した。

「あ、久留里さん。こっちだよ」

「美波ー！」

二人がきゃあきゃあと声を上げ、四葉が初めましての挨拶などをした。ただの挨拶だというのに、女子たちのあまりの元気のよさにたじろぎ、少し離れて眺めていると、近くで似たような顔で立っていた七尾が声をかけてきた。

「会長、本とか持ってきましたか？　店もろくにないから驚くほどやることないですよ」

「なるほど、それでお前はギターを担いでいるのか」

七尾は小さな手持ち鞄と共にギターケースを背負っていた。

「ええ。練習してると一番時間がつぶれます」

そこから電車に乗り、途中駅で駅弁を買い込んで今度は新幹線に乗った。

隣の七尾に話しかける。

「毎年こうやって行ってるのか？」

「そうですね。めちゃくちゃ遠いんで大変なんですけど……毎年恒例です」

「そうなのか」

「でももう……なんとなくですけど、来年くらいまでかなぁと思ってるんで、それはそれで名残惜しさもあるんですよね」

話していて気づいた。思えば俺は修学旅行など学校のイベント以外で友人と旅行に行くのは初めてじゃないだろうか。

新幹線が動き出し、わくわくと気持ちが盛り上がってくる。

俺はもしかして……今、ものすごく青春をしているんじゃないだろうか。その事実に静かに震える。

「会長、どうしたんですか」

「……いや、噛(か)み締めていた」

七尾は、俺がさっそく開けていた弁当箱を覗(のぞ)き込みながら言う。

「その大根、噛み締められるほど硬いんですか？」

「……青春の味だ」

「その大根、そんな青い味するんですか？」

七尾は目を丸くして自分も弁当箱を開けて大根の煮物を箸でつまみ上げた。

新幹線を降り、さらに一時間ほどローカル線に揺られた。あまり人は乗っていない。車窓には田園風景が広がっているが、畑ばかりで家が少ない。普段住んでいる街もそこまで都会ではないが、七尾の祖父母の家はさらに田舎のようだった。

向かいの席では妹たちが三人でお菓子を取り出してキャッキャと盛り上がっていた。

そのまましばらく電車の音を聞きながら乗っていると、隣で七尾が静かなトーンで話し出す。

「僕、この間、オニヤンマ先輩に話しかけたんですけど……」

オニヤンマ先輩とは七尾の所属する軽音部にいる鬼八馬萌香（おにやまもえか）先輩のことだ。彼女は三度の飯よりメタルが好きな先輩だと聞いている。

「……今年のハロウィンどうするんですか？　って聞いたら……」

――――は？　ハロウィン？　そんなの『イーグル・フライ・フリー』一択だろ！

「……って返ってきました……」

「…………」

「ハロウィンはハロウィンでも、ジャーマンメタルバンドのことじゃないですって何度言ってもわかってもらえませんでした……」

「……そうか」

俺がなんとも言えない返事をもらしたころ、電車が目的の駅に着いた。のどかな駅だった。ひとつしかない改札を出ると、そこにサングラスにアロハシャツのファンキーな爺さんが立っていた。

「はっはっはー！　よく来たなぁ！」

その雰囲気は有名漫画に出てくるスケベな仙人を連想させる。

「うちの祖父ちゃんです」

七尾の祖父は七尾の言葉に続いて「ジイチャンです」と言ってピースをした。パッと見ただけでいかにも趣味の多そうな雰囲気の人だった。

「どーもー！　入鹿久留里でっす！　こっちは兄のコウちゃんで、こっちは妹の四葉だよ」

久留里がにこにこしながら全員の紹介をした。七尾の爺さんは敬語の薄い久留里の勢いに不快を示すこともなく「イェイ」と言ってピースした手を振った。

そこから七尾の祖父の車に一時間ほど揺られ、ようやく目的の七尾の祖父母の家へと着いた。

小さな山の麓のような場所にあるそこは懐かしい感じの平屋の日本家屋だった。隣の家まで徒歩十分以上かかるくらいには離れている。目の前には林を切り崩して開拓したような広い公園があり、遊具がたくさんあった。

「家の前が公園なのか？」

「いえ、そこは庭で……その遊具は全部祖父ちゃんの手作りなんです」

「そうなのか。すごいな」

言われてみれば遊具はブランコやハンモック、シーソーに滑り台など、全て木製で、手作り感があった。

玄関先には楚々（そそ）とした雰囲気の上品な和服の壮年女性がいた。

「いらっしゃ～い。暑かったでしょ。そんなところに溜（た）まってないで、冷たい麦茶用意してるから入って」

「祖母（ばあ）ちゃんです」

「おお……なんというか……趣味の合わなそうなご夫婦だな」

趣味といったが、正確には世界観が違う。

喫茶店で待ち合わせてあとから一人が来たら、もう片方のいる席に行くとは絶対思わない二人だ。ゲートボール的なもので一緒のサークルに入っても一言も口をきかない同士に見える。

「いや、意外にあれで合ってるんですよ」

居間で全員が冷たい麦茶を飲んでいると、七尾の祖母が声をかけてくる。

「お部屋、二つ用意したんだけど、家族で分ける？　性別で分ける？」

その質問には美波が勢いよく答えた。

「私、久留里さんと一緒がいい！　もう高校生なんだから性別で分けるべき！」

そう言って久留里の腕に抱きついた。

「うんうん。じゃあ、荷物置いてきたら？」

七尾の祖母の声に全員がバラバラと立ち上がる。

「じゃあ、コウちゃんまたあとでね」

十四畳ほどの和室に荷物を置き、俺は家の造りを観察した。

入鹿家の祖父母の家は実家からそんなに離れていない。こんな感じのいかにもな田舎の家で数日過ごすのはとても新鮮に感じられた。

「会長……めちゃくちゃ几帳面ですね」

俺は大きめのフリーザーバッグにその日の着替えをまとめて、日付を書いて管理している。また薬類、洗面用具などもすべて小分けしてサインペンで記名している。

「袋に入れて空気を抜くことにより、かさばらなくてすむんだ」

「マメですね」

到着したその日は荷物を開けたりダラダラしているとすぐに日が落ちてしまい、縁側に出られる広い居間で全員で夕食となった。

揃って食べる夕食も近くの川で七尾の祖父が釣ってきた川魚を焼いたものや、畑で採れた野菜の煮付けなど、懐かしくなるようなものが多かった。そして、七尾の祖母は料理上手なのだろう、どれも美味しかった。

夕食のあと、居間でつけていたテレビの音が耳に入る。

『あなたたちは……本当は兄妹だったのよ！』

台詞と共にショキーンというショックの効果音が鳴り響き、主演二人と思われる役者の女性と男性の顔が順にアップとなった。

俺は半目で静かに硬直していた。

……うちとは、逆だな。

普段は忘れているのだが、こういうときに俺と久留里の血がつながっていないことをふっと思い出してしまうのだ。

俺以外はみんな聞き流しているというのに……そう思いながら美波を見ると、なぜか涎を垂らして恍惚とした顔で画面に釘付けになっていた。

「久留里、美波さんは一体……」

「美波のヘキに刺さっただけだから、気にしないでいーよ」

「ど、どういうことだ」

小声で聞くと、久留里も小声で返してくる。

「美波はママの漫画のファンなんだって」

「……そうなのか」

言われてみれば言動に少し思い当たる節はあったが、美波は自分の兄には兄以上の愛着を持っているようには感じられない。自らに兄がいる状態でもそれと分けて気にせずにそういったヘキを持つことがあるのだと感心した。いや、むしろ自分とくっきり分けられているからこそ普通にハマれるのかもしれない。

「コウちゃんは……どう思う？」

「ん？　何がだ？」

「だから、えーと……そういったジャンルについてどう思う？」

久留里は妙に真剣な顔で聞いてくる。

「そうだな。法律違反にならないよう過激なものに関しては目にする時期を考える必要があるが、表現は自由だし、多少特殊なヘキも他人に迷惑さえかけずに視聴する分には自由だと思うが」

「そ、そーいうことじゃなくてさ……」

「え？」

「ほら、急に衝撃の事実がその～……なんていうか……えーと」

「……うん？」

「うーん、いや、なんでもないない」

久留里の態度にほんの少し不審なものを感じた。

この間喧嘩をして仲直りしてから、久留里は少し落ち着いたようで、過剰に甘えてくることはなくなった。

最初はなんだかんだ無事、俺の望むマトモな距離感が構築できたのだと思った。

しかし、最近では逆に大人しすぎるような気がしなくもない。俺は幼少期から久留里の気質を熟知している。久留里は、大人しいときこそおかしいのだ。何か俺の知らないところで新たな変化がなかったとも限らない。あるいは何か、隠していることがあるかもしれない。それとも、そんなのは考え過ぎで、単に新しい距離感に俺がまだ馴染めていないだけだろうか。久留里は一見普通だが、本当に時折、妙なところでよそよそしいような、遠慮されているようなやりづらさを感じることがある。

妹たちは始終楽しそうに話をして盛り上がっていた。

俺と七尾(ななお)は普段からローテンションなので、たまにぽつぽつと話す以外は静かなものだった。

それでも七尾は妹たちを見て「会長が来てくれて本当によかったです」としみじみした口調で言ってくれたし、その低温が俺にはむしろ心地よかった。

俺と七尾は十時には用意された部屋へと引き上げ、並べて敷いた布団(ふとん)に静かに寝転がった。

天井を見ていると、隣の七尾がごく小さな声で話し出す。

「この間、オニヤンマ先輩、頑張れって応援したら……」

――え？ ガンマ・レイがどうかしたのか？

「って返されて……」

「ああ……」

「メタルバンドの話してません、って何度言ってもわかってもらえませんでした」

「……そうか」

俺は眠りに落ちた。

＊　＊

いつものように明け方近くに起床した俺は、見慣れない天井に旅先であることを思い出す。

微動だにせず眠っている七尾の横から起き出し、玄関を出た。

夏の朝だった。

近くを走りにいき、家の前で音のないラジオ体操をすませた。

いつもと同じことをしていると余計に、旅先に来ている実感が湧く。

今日も普段通りあの家でいつもの生活を送っているであろう両親のことを思い出す。

離婚騒動のあと、両親は以前にも増して仲良くなった。今まで一度も波乱がなかった分、離れそうになってお互いの大切さを再認識する機会になったようだった。これからも仲良くしてほしいものだ。

少し遠くに来ただけだというのに、妙に懐かしいような感覚になる。

「おはよー」

声が聞こえて振り返ると、久留里がいた。

「おはよう。珍しいな」

「うん、なんか妙に早起きしちゃったから、コウちゃん起きて外にいるだろうなーって、探しにきちゃった」

遠くへ来たのに家と同じように、久留里が俺の目の前にいる。それはどことなく嬉しいものだった。

「コウちゃん、もう走った？」

「ああ」

「なんか面白いとことかあった？」

「いや……正直、何も……何もなかった」

辺りを少し走って発見したのは舗装された道路だった。そして、それを発見したものに入れてしまう程度には何もなかった。

俺と久留里は家の周りをぶらぶらと散歩した。

しばらく歩いていると、突然久留里が声を上げる。

「うおっ、コウちゃん見て！」

「なんだなんだ！」

「あそこっ！　自販機がある！　レアアイテムだよ！」

「おおっ！」

俺たちは自販機へと駆け寄って観察をした。

だいぶ古いが、まごうことなき自動販売機だった。中に入っているジュースがどこのメーカーのものだかさっぱりわからないのと、妙に安いものがある以外は、きちんとした文明の利器だった。

久留里は発見が嬉しかったのか、謎のメーカーのオレンジジュースを買っていた。

「……賞味期限、大丈夫か？」

「大丈夫だって」

「この自販機、まだ新五百円玉に対応してないぞ……いつ商品を入れ替えたのか……」

「やめて。怖くなってきた」

久留里は缶を開けようとしていた手を引っ込めた。阿呆なことをしているうちに、だいぶ日が昇ってきていた。

「今日も暑くなりそうだね」

「そうだな」

「……コウちゃん」

「ん？」

「ちょっとだけでいいんだけどさぁ」

「なんだ？」

「……頭撫でて」

　不思議なことに、ぐいぐい甘えられるよりも、今のように少し遠慮がちに甘えられるほうが妙な緊張が湧く。距離感が近すぎるとただひたすらに家族にしか思えないが、少し空くとよそよそしさに他人感が生まれるからかもしれない。

　俺がこの間から少しだけ大人しくなった久留里に少しだけやりづらさを感じているのはそこだった。

　物心ついたころから何百回、もしかしたら何千回としていたことだというのに、また、久留里が知らない少女のように見えた。

　俺はそうっと手を伸ばす。

　これは、金色の毛並みの猫だ。そんな自己暗示をかけながら、頭を撫でた。

　久留里はしばらく俺の手を上目遣いに見ていたが、にへっと笑う。

「えへへ。ほら、美波と遊ぶのすっごい楽しいんだけどさ、一緒に来ているのにコウちゃんとあんまり話せないから、それはそれで、少し寂しかったんだよねー」

「……そうだな」

　俺の返答に、久留里は目を丸くした。

「コウちゃんも……寂しかったの？」

「いや、冷静に考えると……べつに寂しくはないな」

「なんだそれ！」

「ただ……さっき……」

「うん？」

「一緒に来れてよかったな、と思っていた」

　七尾も言っていたが、家族でどこかに行く機会はこれから減る一方で、増えることはないだろう。こうやって兄妹揃って来れたのは、とても有意義なことに感じられる。

「えへーコウちゃん、大好き！　本当好き！」

　久留里は見る間に上機嫌になった。そして、俺にガバッと抱きつこうとしたが、なぜだか寸前で踏みとどまった。

「ど、どうした？」

「んぐ……」

「そこまで我慢しなくても……たまになら兄妹の親愛のハグくらいはあることなんじゃないか」

「ぎゅー」

ぱっと興奮した顔を上げた久留里は擬音を自分で言いながらぎゅうぎゅうと抱きしめてきた。

「ぐわっ」

予想よりも力強かったので呻いたが、いつものノリで抱きついてきたことに不思議な安堵を感じた。距離感がやっとマトモになったというのに、なんだかんだマトモな距離感のほうに俺が適応できてないのだろう。

短い散歩から七尾の祖父母の家へと戻るころには蟬が鳴き出していた。

俺は縁側のついた居間のデカい座卓でご飯に味噌汁、漬物と玉子焼きの健康的な朝食を取った。

七尾兄妹は揃って朝が弱いらしく、七尾はボサボサの頭でぼんやりと味噌汁を飲んでいた。美波のほうは髪はかろうじて整えられていたが、やはりぼーっとしながら味噌汁を飲んでいた。この兄妹は顔以外は似ていないと思っていたが、妙なとこだけはしっかりと似ているように感じられる。

「今日はどうするんだ？」

「海に行くみたいですよ」

「あぁ、例の……」

　こっちへ来る前に久留里の言っていた〝しょぼいビーチ〟のことだろう。

「歩いていくのか？」

「あ、はい。二十分くらいなんで、一応歩いていけます」

　七尾は眠たげな顔で飯を咀嚼したあと俺に言う。

「会長、どうします？」

「え？」

「いや、暑いし……行かなくてもいいんじゃないかなーと」

「え？　海、行きたくないのか？」

「夏の海なんて……ナンパしたい陽キャか漁師くらいしか行きませんよ。まあそんなのもいないようなさびれたところですけど。夏の海なんて……僕みたいなのは行ったところで翌日日焼けで肌が痛くなるだけです」

「えー、お兄ちゃん！　パラソル持っていかなきゃなんだから来てよね」

　重たいものを持つ係にされた七尾は、はぁと深いため息を吐いた。

「あれ、重すぎるんだよ……」

「ないと熱中症になっちゃうかもしれないし」

「大丈夫だよ、七尾先輩！　コウちゃんも運ぶの手伝うから」

「………ああ」

結局全員で海へと向かった。

どこでもそうだとは思うが夏は暑い。じりじりと照りつける陽射しは例年よりはまだマシなほうとはいえ、道中だけで汗びっしょりになっていく。

そして、普段通りに家にいるときと比べると、いかにもな夏の田舎の風景は、強い陽射しで余計に記憶に焼きつく感じがする。

長くてだらだらした緩い坂を下りた先に、海があった。

そこは、聞きしに勝るしょぼいビーチだった。

何しろ岩場が多く、砂浜の面積が極端に少ない。砂浜があってビーチに見える狭い区画といった程度のもので、地元民しか知らなそうなところだった。

着替える場所も設置されていないので、皆家から水着を下に着てきている。

七尾と共に、持ってきたパラソルを砂浜に設置した。なるほど。これがあるのとないのとではだいぶ違う。これはおそらく過去の経験から学んだ必要物資だったのだろう。

海の少し前まで行って眺めていると、久留里がぽんと俺の前に飛び出してきた。

「コウちゃん！　水着になったよ！　似合う？」

言ってからくるん、と回転してみせる。

「ああ……水着だな」

「感想は？」

「一度見てるからな……」

というか、最後のほうはもう俺が選んだものから久留里が選ぶという感じになっていた。これは、ほとんど〝俺が選んだ水着〟だ。したがって正直な感想は『俺の選んだ常識的でマトモな水着だ。一緒に買いに行かなかったら危ないところだった』であった。

美波はワンピースタイプでヒラヒラがついたグレーの水着を着ていた。本当は久留里にもそれくらいの布面積のものがよかったが、さすがに本人の意向を丸無視はできない。

久留里が背伸びをして、俺の耳元に顔を近づけて小さな声で「……可愛い？」と聞いてくる。

見ると唇を引き結んで少し照れたような緊張顔をしながら俺の言葉を待っていた。

以前の俺ならばすぐに「可愛い」と答えていたはずだった。俺の妹は久留里にしろ四葉にしろ宇宙一可愛いからだ。その答えにためらったことなどなかった。

しかし、こんなふうに妙に照れながら聞かれると、答えにくさを感じる。今朝も思ったが、向こうに照れがあるとこちらにも妙な緊張が生まれてしまうのだ。

なんとなく、今までよく聞かれていた、身内に「可愛い」のコメントを求めるものと、ほんの少し種類の違うような照れをそこに感じたからかもしれない。

言葉に詰まっていると、久留里の背中から四葉がにょきっと顔を出す。パンダのイラストのついた子どもらしい水着を着ていた。

「四葉は？　可愛い？」

そこで妙な緊張感はふつっと解けた。

「ああ。ものすごく可愛い。二人とも鬼悪魔のように可愛い」

俺は力強く頷き、四葉の頭を撫でた。

四葉が浮き輪の中に入って、目の前でトテテテと海へと駆け出した。

「四葉、絶対に沖には行くなよ！」

「……うん」

少し心配になって見ていたが、さほど泳ぎに自信があるわけではない八歳はかなり浅瀬で波と戯れ出した。

すぐに久留里が追いかけて、四葉の浮き輪を引っ張って遊び出す。

美波がにこにこしながら聞いてくる。

「会長は泳げます？」

「泳げる」

美波はきょろきょろと辺りを見まわしてから、少しだけ俺に顔を寄せて言う。

「お兄ちゃん、泳げないんですよ」

それだけ言うと美波は笑いながら久留里の元へと行った。謎の密告だった。

七尾を見ると少し離れたところに設置したパラソルの下で薄手の長袖パーカーを着たま
ま、姿勢良く体育座りしていた。なるほど、と思う。

「七尾、暑くないか」

「……むちゃくちゃ暑いですけど」

シートは敷いていたが、そこからはみ出すと砂が火傷（やけど）しそうに熱かった。

俺と七尾は耐えられなくなると海に腰まで浸かりに行き、潮水で少し涼を取ってからま
た浜辺に腰掛けた。正しい海の遊び方とはとても思えない。

なんとなく、俺も七尾も海に向いていない。大声ではしゃいで遊ぶ気質がないのだ。

座っているると貝殻を両手に持った四葉が来て、シートの近くに収穫物を置いてまた取り
にいった。

「暑いですね」

「暑いのは嫌いか？」

「僕は暑いと……怒りが湧きます」

「怒りが？」

「暑い海でナンパしている奴らや、涼しい場所でイチャイチャとデートをしているカップルども、日がな一日パーティに明け暮れる陽気な奴らへの憎しみがふつふつと湧き上がり……」

「おお……湧き上がり？」

「メ、メロディに……？」

「メロディになります」

ほどなくして、七尾の祖父が軽トラで現れた。

でかでかとしたスイカを三つほど、浜に持ってきて並べた。

俺は目をカッと見開いた。

「スイカ割りか！」

妹たちも寄ってきて、スイカを見た久留里が周りに言う。

「あ、コウちゃん、得意なんだよ」

「何が？」

「スイカ割り！　見てて！」

久留里がそう言って白い布で俺に目隠しをした。棒を手に渡される。

「はいコウちゃん、いいよー」

硬い木の棒はしっくりと手に馴染む。

血がたぎってくるのを感じる。

俺は目隠しの下で目を閉じて集中をする。

ざざ……ざん。

波の音が聞こえた。風の音。見えてもいない青空が頭上に広がっていて、俺は俯瞰している。

どくん。どくん。

静かに波打つ自分の心臓の音が聞こえる。

その場にいる全員の息の音さえも聞こえる気がした。

俺はスイカの気配に神経を研ぎ澄まし、それ以外を全て意識から消していく。

暗い闇の中、スイカと俺だけがいる。

今、この世界には割るべきスイカと俺しかいない。

――――ここだ！

「どぅりゃぁあぁあぁあああああぁーーーー！」

ボコン、と何かがかち割れた感触があった。

続いてもうひとつ、あとひとつと、連続でボコボコと割っていく。

「出たー！　コウちゃんのガチスイカ割り！」

久留里の歓声が上がったが、まだ俺はスイカに集中していた。

「おのれぇ！　トドメだ！　ホァタァッ！」

さらにスイカをボコボコとぶん殴り、致命傷を与えていく。

「……ひぃ、会長がスイカにとどめをさしはじめた……」

美波(みなみ)が呟(つぶや)くように言う。

「覚悟しろ‼」

そのまま、スイカをボコボコ、グシャグシャと叩(たた)きのめしていると周囲で呑気(のんき)な会話が始まる。

「なんか私、見てはいけないものを見てる気持ちになってきた……」

「僕、うちの神社で会長がキレてたときのこと思い出すなぁ……」

「コウちゃんが小五のときのスイカ割りもすごかったんだよ、スイカの汁で血まみれみたいになって、凄惨だったなぁ」

「へ、へぇ……何かストレス溜まってるのかな」

「……あ、本当だ。会長がだんだん血まみれみたいになってきた」

「ありゃ、コウちゃん……夢中になって我を失ってるね。そろそろ止めないとスイカが粉微塵になっちゃう」

久留里が俺の目隠しをふつっと取り、手から棒がポトリと落ちて俺は我に返った。目の前には、無惨なまでにぐしゃぐしゃに割れたスイカがあり、そこにシュッと来た四葉が手を伸ばしてしゃくしゃくと食べた。

「会長……完全なる猟奇殺人者みたいですけど」

「ほんとだ！」と言った久留里がケタケタと笑う。

「コウちゃんガチやっばいね！　そうだ！　みんなで写真撮ろう」

はしゃいだ久留里の一声によって、汗だくでスイカの赤い汁まみれの俺と、全員で写真撮影が行われた。

幸いそれは写真に撮ってみると、何かのアトラクションにいる怪物のコスプレと、その周りにいる観光客のような塩梅に落ち着いた。そこまで凄惨じゃない。

周りに海の家どころか店自体が見当たらないビーチで、俺たちは七尾の祖父が持ってきてくれたスイカとおにぎりで昼食を取った。

食べ終わると妹たちは今度はビーチボールで遊び始めた。疲れると貝を取ったりして、回復するとまた海で水遊びをしている。

俺と七尾は砂浜に敷いたシートの上でぽつぽつと話していた。

「あんなに飽きずに海で遊べます……？」

いつまでもはしゃいで海を満喫する妹たちを見て、七尾が心底感心した調子で言う。

「僕は……夏の海は五秒で飽きます。暑いだけでやることが何もない……危険な上に塩っからい水ばかりのところであああも遊べるなんて心底感心します」

「大まかには同感だ……」

どこまでもはしゃげる女子高生のパワーには感心させられる。

「久留里はいつもだいたいあんなもんだが……七尾の妹さん、よくついていけるな」

「美波は……根が暗くて文化系ド陰キャなくせに、陽の者への憧れが異様に強いんですよ」

七尾は皮肉めいた顔で言う。

「陽の者と陰の者は交わらない……一緒にいたからといって、自分が陽の者になれるわけではないのに……あいつもきっといつかそれに気づく日が来るだろう……憐れな奴です」

そう言った七尾の顔は、何か重苦しい生い立ちのもと、避けられない使命を抱えて生きる隠密のようであった。

俺と七尾は暑さを感じて立ち上がり、海に行き腰まで浸かった。その状態で七尾が言う。

「この間オニヤンマ先輩を北欧風のカフェに誘おうとしてみたんですが……」

「おお」

「――――は？　北欧つったらブラックメタルの本場だろ‼　ほかになんかあんのか？

……って返されて……何度言ってもわかってもらえませんでした」

「……そうか」

全てメタル変換してくるその融通のきかなさ。

加えて人に合わせようとする社交性のなさ。

俺はまったくメタル好きではないが、なぜかどことなく他人事には思えない。

俺はだんだん面識もなく、よく知りもしないオニヤンマ先輩に愛着めいたものを感じ始めていた。

オニヤンマ先輩とは今後仲良くなることはないだろうし、話すことがあるのかさえもわからない。七尾から聞いた一部しか知らない。それでも、誰かを好きになることはあるし、関わりがなくとも幸せでいてほしいと思う人はいる。

それに、何かに夢中になっている不器用な人間というのは、眩しいものだ。オニヤンマ先輩も、七尾も。

「七尾、頑張れ。俺は応援するぞ」

「……ありがとうございます」

＊　＊

その日の夕食のあとは庭で花火をした。

妹たちがわあきゃあ声を上げながら変色花火などを楽しむ中、俺と七尾は端っこでボソボソと話しながら線香花火を嗜んでいた。

「どれだけ煙が出ても、大騒ぎしても近所迷惑にならないのはいいな……」

「そうですねぇ」

俺と七尾の持っていた線香花火の頭がほぼ同時にポトリと落ちる。俺と七尾は無言で次の線香花火に火をつけた。

「コウちゃーん！　見て見て！」

久留里が少し離れたところで花火をぶんまわしながら走っていた。

「危ない！　お前は小学生男子か！　花火を振りまわすんじゃない！」

慌てて走って止めにいく。

「みんなとは離れているから大丈夫だってー」

「お前に火の粉がかかって火傷したらどうするんだ！」

久留里はきょとんとしたあと、破顔した。

「にひひ、コウちゃんたら過保護～。よっぽど私が大事なんだねぇ」

「当たり前だろう。怪我でもしたら大変だ」

言い合ってみんなの元へ戻るとなぜか美波が両手を固く組み合わせて見ていた。

「久留里さんのところは本当に仲良しだよねぇ～」

口には出さなかったが、その、キラキラした目はできればやめていただきたい。

一通り花火をやり終わったあと、四葉を見ると大あくびをしていた。

四葉は普段からロングスリーパーで、よく寝る子だ。小学校に入ってからも帰宅すると最低でも三十分は昼寝をして、夜は九時には寝ていることが多い。

よほど楽しかったのだろうが、昼寝もせずに九時半まで起きている今日は異常事態だ。

「四葉はもうそろそろ寝たほうがいい」

「……やだ。眠くないもん」

「遅く寝ると遅く起きる習慣がついてしまうだろう」

「まだ起きて遊んでたい」

どこかに行っていた七尾がギターを持って戻ってきた。七尾の爺さんお手製の木の椅子に腰掛けると、じゃらーんと弦を弾く。

「お、弾くのか？」

「はい」

七尾がそう言うので、なんとなくみんな座って聴く姿勢をとった。

居間にいた七尾の祖母が「あら、きゃあ、ユウちゃん歌うの？」と言って嬉しげに庭に出てきて前に座る。

「夕暮れのメタルバカンスという曲です」

何かわからないが、おそらく七尾のオニヤンマ先輩への想いが込められたフォークソングなのだろうと類推される。

七尾がじゃんじゃかじゃかじゃーんとギターを鳴らす。

——君の黒く塗った唇に～髑髏のピアス～桜散る春が過ぎて～革ジャンのビョウがぽろりと取れた夕暮れ～

七尾がメタルとフォークの融合した謎歌を歌い出した途端、四葉が秒でカクンと寝た。

この歌には魔力が秘められているかもしれない。俺は四葉を抱き上げ、美波に案内され

て寝床へと置きにいった。

　四葉を寝かせた布団(ふとん)を整えながら、美波が言う。

「会長は不思議ですよねえ」

「何がだ？」

「だって、生徒会長をやる真面目な優等生でありながら久留里(くるり)さんのようなあっかるい妹と仲良しで……おまけにお兄ちゃんみたいな陰キャとも仲良くなれるなんて……分け隔てなさすぎてなんかすごいです」

　実際俺は大抵の人とは仲良くなれてない。何しろ友達がいたことがろくにないのだ。

「いや……俺とマトモに話してくれる七尾のほうが特殊にいい奴(やつ)なだけだ。あいつのほうが真(しん)に分け隔てなく、度量が大きい奴だ」

　そう言うと、美波はきょとんとしたあと、少し口元を緩めた。

「どうした？」

「いえ……私はべつに久留里さんみたいなブラコンでもなんでもないですけど……」

　美波はそのまま立ち上がって、先に廊下に出て歩きながら言う。

「それでも、お兄ちゃんを褒められると、なんかちょっと嬉しいですねぇ……」

　美波は振り向いて、嬉しそうに小さく笑った。

その照れたような笑みに、なんだか俺まで胸がほっこりした。

戻ると七尾はまだ歌っていた。久留里は七尾の祖父と一緒に、ギャルめいたポーズで写真を撮ったりしてケタケタと笑っている。七尾の祖母だけは手拍子などしながら熱心に七尾の歌を聴いていた。

七尾は歌の世界に入ってしまっていて、周りの動きなどはまったく気に留めていない様子だった。

今はさきほどとは違う曲に変わっていた。

――夏はこんなに暑いのに～君は氷の入ったコーヒーのように冷たいんだね～

俺は七尾の祖母と一緒に手拍子をしながら彼の熱唱を聴き、星の多い空を見上げた。

＊　＊

短い時間ではあるのだが、三日目の朝ともなると、なんとなく過ごしている場所に妙な慣れというか、愛着が湧いてくる。

俺は昨日に引き続き、寝ている七尾を起こさないよう、部屋を抜け出した。

軽い準備体操をして走る。近隣に人がいないからか、ついでにゴミ拾いをする必要はない。車もろくに通らないので思い切り走った。

　家の前に戻ってくると人影があった。

　縁側に久留里が腰掛けて、足をぶらぶらさせていた。

「コウちゃーん、おつかれさま〜」

「二日続けて早起きするなんて……一体どうしたんだ」

「旅先での興奮かなぁ。でも、眠りはなかなか深かったんじゃよー」

　久留里に渡されたタオルで汗を拭うと、俺も隣に腰掛けた。

「美波(みなみ)さんとは、いつもなんの話をしてるんだ?」

「え? べつに。だいたいいつも翌日には忘れちゃうような話だけど……美波は可愛(かわい)いし、楽しいんだぁ」

「そうか」

「コウちゃんは、七尾先輩と何を話しているの?」

　たまにぽつぽつ聞くのは主に七尾の恋愛話だが、それを今言うと好奇心旺盛な久留里に根掘り葉掘り聞かれるだろう。身内相手といえども人様の色恋沙汰を勝手に話すわけにはいかない。俺はオホンと咳払(せきばら)いをして答えた。

「趣味の話が多いな」

「あー、なるほど。音楽？」

「ああ、色々教えてくれる」

ぽつぽつと話していると、久留里が座ったままにじり寄って、距離を詰めてきた。

「ん？」

怪訝に思って見るが、久留里は「へへ」と笑うばかりだ。

久留里は、どことなくおかしい。しかし、それは明確にどこだとはいえないようなモヤモヤしたものでしかなかった。

久留里が俺の肩にこてんと頭をのせた。

これは、いつもの甘えなのだろうということはわかる。

しかし、背中の辺りがざわざわとした。妙な違和感がある。

おそらく、久留里が成長していること、その成長に、俺が春ごろに気づいてしまっているということもあるだろう。

久留里は表面だけ見ると同級生の女子とそう変わらない年齢の女子だった。

それでも家出騒動までは猛獣のような元気さと色気のなさでバキバキの妹感を滲ませていた。バキ妹だった。

それがどこかの境で落ち着いてからは、過剰な甘えがなくなり、代わりに色気のようなものが出てきた。もともとギャーギャーしていなければ、見た人がだいたい振り返るレベルの美少女なのだ。それが子どもから大人へとはっきりと変わり始めている。そう思うとまた、不思議な緊張が湧く。

これは俺が、血がつながっていないと知っていることで感じているものなのか、単なる久留里の成長によるものなのか、俺にはわからない。わからないが、感覚的にどことなくすわりの悪さはあった。非常にやりにくい。

久留里よ……バキ妹に戻ってくれ……。

そんなことを一瞬だけ思ったあと思い直す。いや、せっかく成長したのに、そんなことを考えては駄目だ。俺はついこの間までバキ妹のバキバキ攻撃に閉口させられていたではないか。一緒に入浴までさせられたあげく、股間を見られて倒れられたじゃないか。

思い出してため息を吐く。

「コウちゃん」

「ん?」

「その……たとえば、たとえばだけどさぁ」

「うん」

「もし、まったくの他人として高校で初めて出会ってたら、私たち仲良くなれたかな?」

急に聞かれ、心臓がびっくりした。それは俺が、血がつながっていないことを知ってからたまに考えていたことだったからだ。

「まず……知人にもならなかったろうな」

「でも私はたぶん、お兄ちゃんじゃなくても、コウちゃんと頑張って仲良くなろうとしたと思うよ！」

「そうしたら…………どうだったろうな」

想像したが、確かに問題のある後輩がやたらと懐いてきたら、多少の世話は焼くかもしれない。しかし、俺はその後輩である久留里に、たやすく心は開かない気がする。

いや、友達のいない俺に屈託なくずっと話しかけてくる久留里のような奴はそういない。もしいたら、最初こそ距離を置こうとするだろうが、半年、一年もすればいずれ陥落したかもしれない。

俺が久留里を好きなのは妹だからというのがもちろん大前提としてあるが、それを抜いても物怖じしない性格や、飾りのない無邪気さに憧れや魅力を感じているからだ。

「ううむ……もしかしたら、仲良くなったかもしれないな」

「本当？　そしたら、たとえば……だけど……」

「ん？」

久留里がはくはくと唇を震わせながら、少し声のトーンを落として何か言おうとする。

「本当にたとえばだけど……私とコウちゃんの……血」

久留里が何かを言い終わる前に、背後のガラス戸がゴトゴトと音を立てて開いた。

「お姉……いた」

四葉（よつば）が目を擦（こす）りながら起きてきた。

「おはよう！　四葉」

四葉はそれに「おはよ」と返してから「お兄もいた」と言って俺の膝にちょんと腰掛ける。

「四葉、旅行はどうだ？」

「……すごく楽しい」

「それならよかった」

「ん……でも」

「ん？」

「ちょっとだけ……ママに会いたくなってきた」

「そうか」

「明日はもう帰るから、今日はめいっぱい遊ぼ」

「……ん！」

俺は旅先で兄妹の一番上の監督者である責任のようなものも感じているし、もし妹たちが一緒にいなければある種の解放感はあるのだろうとも思う。しかし、こうして兄妹が三人揃っていると、確かな温かさや心地よさがある。家族は、不思議だ。

そうしていると、エプロンをした美波が現れた。

「あ～入鹿家、そこに揃っていたんだ。おはようございます」

美波は昨日よりはしっかり起きていた。久留里が立ち上がる。

「朝ご飯の準備してるの？　手伝うよ」

「四葉もお手伝いする」

「会長、おじいちゃんがお昼ご飯に使う山菜採りに連れていくって言ってるから、お兄ちゃん起こしてもらえませんか？」

「わかった」

朝食をすませると、しばらくはみんなダラダラしていた。

前日に海に行った疲れが残っていたのか、四葉は座布団を枕にして寝てしまった。

暇になった七尾がギターの練習を始める。久留里と美波は尽きることのないおしゃべりをしていて、俺は縁側から外を見ていた。

　しばらくしてギターの音が止んで、七尾が隣に来た。

「会長、退屈でしょう」

「いや、なんだか新鮮でいい」

　家で同じようにダラダラしていても、こんな気持ちにはならないだろう。旅先でダラダラするというのはちょっとした非日常だ。

　俺と七尾が縁側に並んでぼけっとしていると、久留里が腹ばいで二人の真ん中に、にょきっと頭を割り込ませてきた。

「あれ？　美波は？」

「なんかスイカ切ってくれるんだって、四葉も行ったよ」

「そうか」

　スイカがたくさんあるんだな。そんなことを思っていると、久留里が珍しく七尾に話しかけた。

「七尾先輩はさー、美波と休みの日に遊びにいったりとかしないの？」

「……しない」

「ふふーん。うちはするよ！」

まったくマウントにならないマウントを取って喜んでいる。

「前から気になってたんだけど……入鹿さんは一体美波のどこが気に入ったの？」

「えっ、超超超絶可愛いとこだけど⁉」

「……へぇ」

「えっ、美波可愛くない？　中身もだけど、見た目も！」

久留里の言葉に七尾はだいぶ困惑した顔を見せた。

「……なんていうか、パーツがことごとく全て僕に似ているから……なんとなく気の毒な気持ちになることはあるけど」

「そうなのか」

七尾は今度は俺を向いて答える。

「……正直造形が可愛いと思ったことはないですね」

「先輩、客観性を著しく失ってるじゃん」

「いや、だってあそこまでいくと客観的には見れないのわかるでしょう……」

「まぁ……似てるな」

「でも、僕はそういうものだと思う。家族は客観的に見れないし、見るもんでもない」

「ふうん……ちなみに七尾先輩はコウちゃんのどこが気に入ったの？」

「……頑なにまっすぐで面白いとこかな」

目の前で臆面もなく褒めてきた。じんわり嬉しい。

「うんうん、わかる～。コウちゃんてさー、頑固すぎるところがあるんだけど、あそこまでいくとむしろかっこいいっていうかさ、小四のときにもね、コウちゃんと私で道に迷ってるお婆さんを案内しようとして隣の県まで……」

そのあと、スイカが皿に載って運ばれてくるまで久留里の思い出語りは続いた。

ほんの少し寝起きしただけなのに、まるでもうひとつの人生のように、ここで生活をしているような気になってきている。

人は思った以上に変化に対して順応する。人の感覚や認識なんて、案外ちょっとしたことで変わるのかもしれない。そして、自分が変わっていることにも気づかないまま、いつかすっかり形を変えていたりするのだろう。

俺たちは明日帰るということで、その日の夕飯は庭で肉を焼いてくれることになった。

七尾の祖父の友人である猟友会の爺さんが軽トラで駆けつけて、イノシシの肉でバーベキューが行われた。

七尾の祖父はファンキー爺さんだが、その友人はワイルド爺さんだった。髭が濃くて、何に似ているかといわれたら熊に似ている。戦ったら一秒でのされそうな眼光鋭い老人だった。

久留里は肉の塊を見てほわぁと息を漏らした。

「こ、これ、このたくさんのお肉、全部食べていいの？」

「おう、たんと食え。まだまだあるからな」

久留里は美波の手をぎゅっと握り「呼んでくれてありがとう」と言った。涙目になっている。

熊老人が「食え」と言いながら全員の皿に焼けた肉をさっさか載せてくる。

「美味しい！　焼肉のタレの味がする〜！」

久留里はだいぶ無神経な食レポをしていたが、それでもあまりに幸せそうな顔でモリモリと肉を食べるので、爺さんズもにこやかに目を細めて見ていた。

「やっぱりお肉……お肉食べないといけないと思った。力が湧いてくる」

久留里は間断なく箸を伸ばしながら肉を味わい、飲み込んでいく。見事なまでに美少女型食肉マシーンだ。

ふと気がついて言う。

「久留里」

それだけ言うと、久留里はやべ、という顔をして焼けていた葱の中から一番小さいのを箸で取った。

「はいはい。野菜ね、コウちゃんがうるさいからたまに食べてるってー」

俺は久留里が葱を大きめの肉にくるんで口に入れるところを見届けた。

「野菜！　食べた！　食べたよ！　次はお肉！」

肉にくるんではし切れを食べただけのくせに、大変なノルマをこなしたかのように、また肉を取った。俺は目を細めて見ていたが、こちらを見ないようにしながらサカサカと箸で肉を摘むスピードは驚異的だ。人様のご家族の前なのであまりうるさくは言うまい。

「コウちゃーん！　面白い話聞いた！」

食後に酒を飲んでいた爺さんズと話していた久留里が飛び跳ねるようにこちらに来た。

「裏山に祠があるんだって！」

来てすぐに目に付いたが、この家の裏手には低い山があった。聞いた話だと頂上まで十分かそこら。そこまで険しい山ではない。その頂上に、昔から祠があるのだという。

「そうなのか」

七尾を見て言うと「ありますねぇ」と頷いた。

「んで、夜に行ってお参りするとお願いが叶うんだって！　みんなで行かない？」

久留里が声を上げたが、美波が目を丸くして首を横にブンブンと振った。

「私はやめとくよ」

「え、美波、怖いの？　っていうか、行ったことあるんじゃないの？」

「昼間ならいいけど……私眼鏡かけてても夜目がきかないから、あそこは木の根が多くて足元が危ないんだ。前転んだの」

「そうですね。山というのもおこがましい丘のようなものなので、そこまで危なくはないですけど……行くなら昼行ったほうがいいですよ」

七尾も同調して頷いた。

「え、でも私は行ってくるよ！」

誰が行かずとも久留里が行くことはもう決定しているらしい。こんな時間に一人で山には行かせられない。結局、俺と久留里の二人で行くことになった。

俺と久留里は渡されたランタンをひとつずつ手に持って、裏山の入口で虫除けスプレーをしてから頂上に向かって歩き出した。

街灯があるわけではないので深い暗闇が広がっていた。灯は手に持ったランタンしかない。とはいえ、少しだけ開けた道がボードウォークになっていた。おそらく七尾の祖父が整備したのだろう。

　少し前を歩いていた久留里が唐突にぽつりと言う。

「あのさ、コウちゃん、前隠しごとあったでしょう?」

「な、なんのことだ」

「あれって結局なんだったの?」

「俺に隠しごとなどない」

「うーん……でも怪しかったよ」

「怪しいと思えばどんなものも怪しく見えるものだ……」

なぜか突然掘り起こされた過去に俺は少し動揺した。

　しばらくして久留里がまた口を開く。

「あのさ……うちの家族って……あんま似てないよねー」

「ん?　まぁ、似てたり似てなかったりだな。でもまぁ、七尾兄妹だって、顔はよく似ているが、性格は似てないし……雰囲気は似てるようで似てないしな」

「あ、うーん、そうだねぇ」

　久留里が何を言いたいのかよくわからない。わからないが、何か不思議な動きはしている。平たく言うと、怪しい。これについて俺はしばし悶々と考えた。

久留里はもしかしたら家族の秘密に勘付いていて、俺に探りを入れている可能性がある。

少し疑わしく思い、こっちも探りを入れてみることにした。

「久留里……もしかして何かあったのか？」

「いえ？　なんかって？」

一瞬だが、声がひっくり返った。これは怪しい。

「隠しごとがあるだろう」

「な、ないよ。それより、コウちゃん、春から急に距離を置くとか言い出したのには理由がある？」

「……な、なぜそんなことを今急に言うんだ。高校生になり、家族間でも適切な距離感を構築するのはしごく真っ当なことだろう」

「うーん」

久留里が俺の顔にランタンを近づけて半目で俺を見てくる。

何かを怪しんでいるようだ。

確かに俺には隠しごとがあったが、今は久留里のほうが秘密を持っているように思われた。俺は手に持ったランタンで久留里の顔を照らし返す。

妹が怪しい。

しばらくその状態で立ち止まって睨み合ったあと、俺たちは無言で歩を進め、気がつくと頂上まで来ていた。

話に聞いていた祠らしきものもあったが、想像の五百倍は小さなもので、最初はこれがそれだとは認識しなかったぐらいだ。

「なんか、ここには御神体があるんだって」

「御神体？」

「七尾じぃじによると、蛇の骨らしいんだけど……よくわかんないね」

わかんないと言いつつも、久留里はぱしんと手を合わせてそれを拝んだ。祠がどんなに小さくともお願いをするのは忘れないようだ。

俺はそれが終わるまで待っていたが、薄く雲がかかっていた月が露出するまで久留里の祈願は続いた。

「よし！」

「ずいぶんと長く拝んでいたが……そんなにお願いするようなことがあるのか？」

「えっ？　へへ。必勝祈願……みたいな？」

「なんの勝負に出るんだお前は」

「私にはこれから一世一代の、絶対失敗できない勝負があんだよ！」

「よくわからんが……俺も拝んでおくかな」

「コウちゃん何お願いするの？」

「家内安全だ」

「若者らしさが足りないよ……爺さんだよ……」

とりあえず、それ以上にすることもなく、俺たちは来た道を引き返し始めた。

ぱきん。

足の下で乾いた枝が折れた感触がした。

＊久留里の告白

ぱきん。

乾いた枝が地面で折れる音を聞きながら私は考える。

どっちだろう。

私は歩きながらずっと考えていた。

私たちの血がつながっていないことを、コウちゃんは知っているんだろうか。知らないんだろうか。旅行中、遠まわしな探りをいくつか入れてみたけれど、どうも埒(らち)があかない。

秘密を抱える生活。我慢できない……。

それだけじゃない。私はもう、前に進みたかった。

私とコウちゃんは血がつながっていない。コウちゃんに、私がそれを知っていることを言いたい。もしコウちゃんが知らないのならば、知ってほしい。

そうして、妹ではなく一人の女の子として、コウちゃんに自分を見てもらいたかった。

あの日、市役所のベンチで許された私の気持ちはふわふわとしたものからだんだんと形をはっきりさせていた。

知らせてむやみに傷つけたいわけでもない。けれど、黙っているのも耐えられない。

コウちゃんが知っているのかを知りたいし、状況をスッキリさせたい。

何をどう聞けば、コウちゃんが知らなかった場合のダメージを回避できるのだろう。

闇の中、もくもくと歩いていて、頭上に出てる月を見上げたとき、急に気がついた。

そうだ。

これだけ言えばよかったんだ。

気づいて、私はためらいなくその言葉を口に出した。

「コウちゃん」

歩みを止めて呼びかけると少し前にいたコウちゃんも立ち止まった。

「なんだ？」

ざわざわ。風が吹いて木の葉の揺れる音がして、私とコウちゃんの間を通り抜ける。

暗闇を裂くように、私の声が夜に響いた。


「私、この間——戸籍謄本取った」


口に出したあと、呼吸を止めたままコウちゃんを見た。

大きく目を見開いた、コウちゃんの顔。

その表情だけで、もう十分すぎる答えだった。


「……そうか」

私とコウちゃんは道の真ん中で立ち止まったまま、しばらく黙っていた。

「コウちゃんも、知っていたんだよね？」

「ああ」

「いつ頃？」

「お前の入学式の晩だ」

「あぁ……」

じゃあやっぱりコウちゃんの態度が変わったのは、それが影響していたんだ。どういう思考回路でそうなったのかまではわからないが、血がつながってないと知って距離を置こうとするなんて少し寂しく感じられる。

しょんぼりしている私を見て、コウちゃんは数歩戻ってきて、私の肩に手を置いた。

「俺は、それを知ったとき、正直ショックだった」

「……うん」

私だって相当びっくりしたのだから、コウちゃんのショックは計り知れない。

「でも、何も気にすることはない。大丈夫だ。俺たちは血はつながってなくとも兄妹で、かけがえのない家族だ」

「うん」

「これまでだって知らなかっただけで、血はつながっていなかった。だから何も変わりはしない」

「…………ん？」

「どうした？」

「え？　何も変わんないの？」

「ああ、何ひとつ変わらない。断言できる」

コウちゃんは慰めているんだろう。ものすごく元気付けようとしている顔と声だった。たぶん、前向きに励ます気持ちでそれを言っている。それはわかる。だけど釈然としない。私はなぜだかその反応に不満だった。

血がつながってないというのは、恋愛も結婚も許される間柄だ。コウちゃんは、そこらへんはまったく意識しないのだろうか。

皮肉なことにコウちゃんのその態度によって、私はより一層自覚してしまった。私はコウちゃんが好きなのだ。

私のその立ち位置からだと、コウちゃんの慰めや励ましは、ものすごく線を引かれている気がする。私が何を求めてそれをコウちゃんに伝えたかったかが、自分にはっきりとわかってしまった。

何も変わらないことなんてない。

兄妹じゃなかったのだから、異性としても意識してほしい。私はコウちゃんと、恋がしたい。メラメラと怒りのような闘志が湧き上がってくる。

ぱっとコウちゃんの顔を見る。

一点の曇りもなく家族をいたわる目、妹を慈しむ表情をしていた。

私はもう、コウちゃんをただの兄だなんて思えない。

「あ、あのさあ！」

「……なんだ？」

「……蚊にさされた。帰ろ」

しかし、寸前で思いとどまった。私の気持ちを今すぐに伝えてはならない。

これは本能的な直感だった。

コウちゃんは家族を大事に思っている。それはあと少しで信仰の域に達する強いものだ。

もし今私が告白したら、家族関係が壊れることは想像に難くない。

最近はまた避けられなくなってきたというのに、下手を打つと以前のようにまた無駄に距離を空けられてしまうだろう。あれは、とても悲しい。

しかし、お互いに実の兄妹じゃないということを知ったわけだから、今までとは少し違う。

血がつながってないのだから、妹かどうかなんて、意識ひとつの差でしかない。

コウちゃんの私を見る目さえ変えてしまえば、私だってほかの女子と同じラインに立てる。それどころか、一緒に暮らしていて、これまでの絆だってあるわけだから、一歩先に行けるはずだ。

元実妹であることが有利に働くか、不利となるかは自分自身の今後の動きにかかっている。考えて行動すべきだろう。

勝負はここからだ。

私は下唇をぺろりと舐め、戦に出向く武将のようないさましい気持ちで歩みを進めた。

第三章　ライブと花火と宿題

七尾兄妹の祖父母の家から帰宅してすぐ、久留里は一週間ほどの予定で親戚の農家にアルバイトへと出かけていった。

久留里は推しであるアイドルグループ『おはぎ小町』の水谷桃乃を追いかける推し活、ヲタ活を営んでいる。こづかいだけでは心許ないため、去年から始めたバイトは久留里の貴重な活動資金源となっている。

去年は俺も一緒に来てくれと駄々を捏ねていた。

今年も名残惜しそうではあったが、明るくハキハキとした様子で出発を告げた久留里はだいぶしっかりしてきたように感じる。

「ももの！　会いにいくよ！　行ってきます！」

久留里はそう言いながら意気込んでアルバイトに出かけていった。

好きなもの、夢中になれるものを自分の意思で追いかけている久留里は、その部分ではもう立派に大人に感じられた。

日々、何も変わらないような何気ない生活を送っていても、家族は少しずつ変わり始めている。俺はきちんと大人へと成長できているのだろうか。

普段から騒がしく、わが家のムードメーカーである久留里のいない家は少し静かだった。

家族で夕飯を取っていると母がしみじみと言う。

「くんちゃん、頑張ってるかなぁ……」

「連絡はあったじゃないか」

家族で使っているＬＩＮＥには無事に着いた連絡がきちんと入っていた。

「でも、少なくない？」

母が父の顔を見て言う。

「去年はもっとあったよなぁ」

しかし、普段ならある食べたものの報告などは特に入っていなかった。

「うん。久留里も、もう高校生だし……今までのようにそこまで家族にあれこれと依存はしてないんだろう」

「コウくんドライぶってー。素直に寂しいって言えばいいのに」

「たかだか一週間くらいで騒ぐほうがおかしいだろ」

「それでも……久留里ちゃんは普段から賑やかだから……いないと寂しいなぁ」

父の言葉に四葉もうんうんと頷いて「寂しい」と言った。

それを聞いて普段久留里の座っている椅子を見た。アルバイトに出かけているだけだが、いつもの食卓の椅子が一人分ぽかりと空いているのは無性に物悲しい気持ちになる。

「コウくんも寂しいでしょ」

「……そうでもない」

夜の山で事実を知った瞬間が思い出される。

あの場で、俺たちはお互い、家族の血縁の秘密を知っていたことを知った。

以前喧嘩して仲直りしてからは小さな危機を脱して平穏に過ごせていたというのに、また新たな危機が訪れてしまっている。このタイミングで久留里が家にいないことに少しホッとしていた。

俺はあのとき、正直にいえばとてつもない衝撃を受けていた。

知られてはいけないと思っていた事実をいつの間にか久留里が知っていた。それ自体ももちろん驚きではあったが、それ以上に久留里の意外に落ち着いた態度に驚かされた。

俺のときのことを考えると、知ればすぐに大騒ぎしたり取り乱したりするものと思っていたのだ。けれど、久留里は思いのほかそこまで落ち込んでいる様子もなかった。

それは少し寂しく感じられた。

久留里は俺が万が一知らない可能性を考え、黙っていたというから、それは俺のために黙っていたのだろうし、落ち込んでいないふうなのも俺を気遣ってのことなのだろう。

しかし、そう考えると今度は、妙な気なんて遣わず、抱え込まずにすぐ頼ってほしかったという想いがふつふつと湧いてくる。俺は兄なのだから。妹が兄に頼るのは当然ではないのか。なぜ、あんなに平然としていられるのだ。

久留里は裏表のない奴だと思っていたが、あんなふうに気を遣われると、どこか遠くにいってしまったかのようにも感じられた。昔は手に取るようにわかっていた、久留里の考えていることが摑めなくなってしまい、そこからずっと淡い混乱が続いていた。

そんな状態で何事もなく帰宅してすぐに久留里が親戚宅に行ったので、俺はそこからずっと妙な感覚だった。

それでなくとも旅行の記憶というのは非日常だ。日常に戻るとすぐに遠い昔の記憶のようになりやすい。

あの山で聞いた久留里の話も、もうすでにどこか、遠い日に見た夢のように感じられた。

久留里の態度は、そして俺の対応も、帰りは普通だった。けれど、その感覚がなぜか大昔のことのようで思い出せない。そのせいでこれから先の久留里に対しての接し方について、考えてしまう。

何も変わる必要はないと思っているが、これまで通りうまくやっていけるだろうか。

俺自身が知ったことで態度を変えてしまった前科がある。久留里を悲しませることのないよう、大事な家族として適切な距離感を持ちつつ、きちんと接しなければならない。

四葉はもちろんのこと、久留里がそれを知ったことを両親もまだ知らない。

色々と考え過ぎてしまうのは俺の悪いところだが、家族のこととなると心配は尽きない。

俺は今までと変わらない家族の平穏な日々が、できる限り長く続くことを祈っているだけなのだが、そんなささやかな願いすらちょっとしたことで崩れそうになる。

しかし、家内安全・家族平和を祈る俺がそのために今できることは特になかった。

結局、俺は毎日道場に行き、家事を手伝い、時々勉強をして、夜にはせっせとイラストを描いたりして過ごした。久留里がいない以外は完全にいつも通りといえる。

そう、久留里がいなくとも、俺は何も変わらず生活している。

リビングに入った俺はそこに脱ぎ散らかされた靴下を発見する。

「久留里！　脱いだ服は洗濯機に……！」

反射的にそこまで言って久留里がいないことを思い出す。

真犯人の母がささと来て、靴下を回収して去っていった。

何か途方もない退屈を感じた。

むなしさと言い換えてもいいかもしれない。

「母さん」

「えっ、靴下まだあった？」

洗濯機から戻ってきた母が慌てた様子で聞いてくる。

「最近……まんぐり返しの……調子はどう？」

「まん……？　ああ、お仕事なら元気にまんぐり返ってるから大丈夫だけど……コウくん、どうした？　言葉選びがだいぶ雑になってるけど……なんかぼうっとしてる？」

「いや、いたっていつも通り……俺も……げんきに……ちんぐり返っているし……」

「そ、そうかなあ〜？　くんちゃんいなくてそんな寂しい？」

「そんな寂しいわけがないだろ……たった一週間……いや、あと五日……せいぜい百二十時間くらいじゃないか」

「やだ、隠さなくてもいいよう。コウくん去年もくんちゃんいないときずっと、リストラ直後のサラリーマンみたいな背中してたじゃない。今年はちょっと連絡が少ないし、寂しいよね！　腑抜け（ふぬ）けたハニワみたいな顔にもなるよね！」

「違う……ちょっと考えごとがあるだけだ……出かけてくる」

「どこに行くの？」

「……決めてない」

「い、いってらっしゃい」

「母さん！　ここにも靴下！」

「は、はい！　はい！」

俺はリュックを背負って外に出ると、ゴミを拾いながら歩いた。駅前まで出たが、どの施設にも用はない。

街に点在している夏休み中で騒ぎ遊ぶ学生たちやバカップルたちも、みんな楽しそうに見えた。どことなくすさんだ気持ちが増していく。

どいつもこいつも……幸せそうにしやがって……。

一瞬だけ、そんな黒い感情が顔を出そうとするのに気づいて慌てて抑制する。

今の感情は一体なんだ。人々が幸せなのは何も悪いことじゃない。俺はいつもそう思って生きてきたはずだ。

海で七尾が言っていたことが思い出される。

『僕は暑いと……怒りが湧きます。暑い海でナンパしている奴らや、涼しい場所でイチャイチャとデートをしているカップルども、日がな一日パーティに明け暮れる陽気な奴らへの憎しみがふつふつと湧き上がり……』

あれと似た何かかもしれない。だとすると暑いからだろうか。

しかしながら俺は夏の暑さへの怒りをメロディに変える才覚はない。

暑さから逃げるように電車に乗り、気がつくとなんとなく高校の近くまで来てしまった。

校庭の脇を歩くと野球部の走り込みの声が聞こえた。

体育館の脇を通ると、バスケ部のボールの音がする。その活気に誘われるように、俺は校内へと入った。まったく用はないが、ついでだから生徒会室の換気でもしていこう。

職員室で鍵を借りて階段を下りていると、知った声に呼び止められる。

「入鹿くん」

振り向くと、階段上に渡瀬がいた。

「おお、渡瀬か」

「まさか、いると思わなかったわ」

渡瀬はほんのり笑みを浮かべ、小走りで階段を下りようとしたその瞬間、大きく足を踏み外した。

「わ……きゃあっ」

渡瀬が一瞬、ふわりと宙に浮く。

危ない。

　俺は受け止めようと両手を伸ばす。

　俺の伸ばした両方の手に、渡瀬の胸がむにゅっとぶつかる。

　なんだこれは……普段も大きいが、見えている印象より……さらに大きい……？　着やせか？　着やせしているのか⁉

　一瞬で視覚情報との齟齬に脳が混乱する。

「きゃあぁ！」

　無事に着地した渡瀬は俺の頬をびちーんびちーんと連続で打った。その力強すぎるビンタに、俺の顔は右に左に持っていかれた。

「はっ……ご、ごめんなさい！　つい反射で。入鹿くんが手を伸ばしてくれていなかったら衝撃を殺せずにそのまま顔面から転んでたかもしれないのに……ありがとう」

「……いや、こちらこそすまなかった……。渡瀬なら受け身ぐらい取れたろうから……どいておいたほうがよかったな」

「落ちそうな人を避けるなんて、入鹿くんじゃないわ」

　渡瀬がそう言って笑ったので、俺も小さく笑った。

「怪我がなくてよかった」

「ほんとごめんね……無理やり触らせて殴るとか……」

　渡瀬はしばらく申し訳なさそうな顔で自分の胸を抱えるようにしていた。俺は、フォローしようにも何を言っていいのかわからず、一度口を閉じた。軽くてコミュ力の旺盛な男ならこんなときなんと言うのだろうか。「気にするな。いい感触だった。ありがとう」だろうか。いや、絶対に駄目だろう。そんなこと言ったら氷のような視線で見られて追加のビンタを食らうだけだ。俺は迷った挙句、この話を終わらせることにした。

「今日はどうしたんだ？」

「園芸部の部長にどうしても今日来れる人がいないからって、頼まれたから、水遣りよ」

「ああ、こう暑いと一日水遣りできないだけでカラカラになりそうだしな」

「そうなの。入鹿くんこそ……どうしたの？」

「……俺はなんとなくだ。生徒会室の換気でもしようかと思って」

「あら、それなら私も行くわ」

　俺と渡瀬は一緒に校舎を出て、離れにある生徒会室に行った。

　中に入り、窓を全部開けて換気をする。

　渡瀬はいつの間にかホウキを手に掃き始めている。俺は雑巾を濡らし、渡瀬が掃いたところから床を軽く拭いていく。互いに何も言っていないのに、抜群のコンビネーションだった。渡瀬はこういうところが、一緒に仕事しやすい。

「綺麗になったわね」

「そうだな。助かった。ありがとう」

「入鹿くんがお礼を言うことじゃないわ。私も使っているんだし……」

渡瀬はそこまで言ってポケットからスマホを出して見た。

「あ、私もう行かなくちゃ。入鹿くんは、まだいる？」

「ああ。鍵は返しておく」

「ありがとう。お願いするわ」

渡瀬はすっと立ち上がって生徒会室を出てから一度振り向いた。

「会えてよかった」

「ああ」

にっこりと笑って小さく手を振る彼女に俺も手を振り返した。

渡瀬の背を見送ったあと、俺は鍵を返しにいった。

なんとなく、無駄にぐるりと校内をまわり、目についた一年二組の教室に入る。

ここは、久留里の教室だ。久留里の使っている机から教科書の端がだらしなくはみ出ていたので、ぐっと中に押し込めようとした。しかし、何かがつかえてきちんと入らない。

引っ張り出すと中からモノがあふれ飛び出した。

教科書。ノート。チラシ。ポストイットの束。ねりけし。菓子パンの空き袋。落書きして破いたノートの切れ端。壊れたシャーペン。ポンプを握るとカエルが跳ぶ玩具。まだ中身の入っているのど飴の袋。

極めつけは、夏休みの宿題の問題集一式。

「な、なんだこれは‼」

俺はゴミをまとめ、久留里の宿題と学業に必要ないモノを自分のリュックに入れ、残りを綺麗に整えて戻して教室を出た。本体がいないというのに世話が焼ける……。

軽音部の部室前を通ったとき、尖った声がした。

「……あたしがこんだけ言ってんのに、お前は気を変えねえんだな」

「すみません……それだけはできません」

何か不穏なやりとりだと思い扉の隙間から覗き込むと、七尾とオニヤンマ先輩がいた。

「一回だけでいいっつってんだろ！」

「でも、それだけは……無理です」

「頼む！　お前しか頼める奴いないんだって！」

オニヤンマ先輩が七尾の手を両手でギュッと握った。七尾の瞳が揺れる。そして、七尾の顔面の色が見る間に赤くなっていく。湯気でも出そうな顔色だった。

「うぐっ……そこまで……言うなら、一度だけ」

七尾がそう言うと、オニヤンマ先輩はパッと七尾の手を離し、片足を椅子にのせてガッツポーズを決めた。

「おっしゃあ！　じゃあ一曲だけな！　今からお前はあたしのメタルバンド、『ブラック・ギロチンズ』のギロチン七尾だ！」

手が離されたことによって正気を取り戻した七尾がはっと目を見開く。

「えっ⁉」

「文化祭が楽しみだな！　ギロチン七尾！」

どうやら七尾は今年の文化祭、メタルバンドで出演することになったらしい。我に返って頭を抱えていた。

「なんで僕なんですか……」

「メタルは毛量が大事だからな……その点でお前は合格だ」

「そ、その点以外は……？」

「……その点は合格だ」

頑張れ、ギロチン七尾。俺は心の中で応援を送り、深く頷(うなず)いてそこを後にした。

自宅の最寄り駅まで戻ってきて、帰り道を歩く。

「コウちゃん！」

　声が聞こえてパッと勢いよく振り返った。

「コウちゃん、こっちこっちー」

　見知らぬ綺麗な女性がこれまた見知らぬ男性に手招きしていた。見知らぬコウちゃんらしき男性はだいぶ肥満体で、ハァハァいいながら「まってぇー」と女性を追いかけていた。

　あれは……一体どんな関係の二人なんだろう……。


　そこから三日ほど経ち、しみじみと久留里のいない静けさを噛み締めていた。

　脱ぎ散らかした靴下も、食べ散らかした皿も、飲み終わったあとのコップも母の分しかない。父と四葉はちゃんとしているので、俺の片付けが半分の量になっている。

　両親が最初に言っていた通り、今年の久留里からの連絡はとても少なかった。

　いや、少ないなんてものじゃない。振り返れば到着連絡以来一度もなかった。

　去年は、家族のＬＩＮＥには毎日のように食べたものの写真が届き、それとは別に、毎日最低二回は俺に電話がかかってきていた。直接電話がない時間も土に塗れた写真や、ついさっき食べた間食の写真など、必ず一日に四回以上は送ってきていた。

　この変化は山で話したことが影響しているのだろうか。

それとも、今までが連絡過多だっただけで、単なる成長なんだろうか。

少し離れているだけなのに、なんとなく久留里という人間の輪郭がぼやけていくような気がした。いつもすぐそこにいる存在が、思い出す存在へと変わっている。

俺は、今まで久留里にどう接していただろうか。どんどん思い出せなくなっていく。


久留里が帰宅する前日の晩のことだった。

眠ろうとする寸前に俺のスマホが着信した。通話ボタンを押すと、コシュー、コシューと、くぐもった息の音が聞こえてくる。

『……コウちゃん？　コウちゃんなの？』

「俺のスマホなんだから俺が出るだろう。大丈夫か？　何かあったのか？」

『……んぐっ、健康……無事……頑張ったから……バイト代……はずむって……！』

声を聞いたら一気に感覚が戻ってきた。そうだ。久留里はこんな奴だ。取り戻したその感覚が思っていた以上に懐かしく、嬉しい。

「そうか、それはよかったな」

『ゴウぢゃん……』

「……なんだ？　今年はぜんぜんかけてこなかったな」

『……がっ、我慢してたんだよう！』

「……なんのために」

『うう、それはぁ…………あー！　もうなんでもいいから声を……きがぜで！　コウちゃん成分が切れて干からびそう！』

「…………」

思っていたより成長していなかったらしい。しかし、謎に我慢をしていたあたり、血のつながりがないことで妙な遠慮をしたり……いや、考え過ぎだろうか。

『ああっ！　コウちゃん！　黙らないで常に何か声を発して！』

「えっ」

『短い！　感嘆詞でなくもっと長文を頼む！』

「そう言われてもな……」

俺は久留里と比べるとペラペラと意味のない言葉が出てきにくいたちなのだ。日頃から友人と他愛もない話をしたりもしてない。むしろ友達がほとんどいない。話せと言われると、逆に話すことが何も思いつかない。

「……すまん。何を言えばいいのか皆目わからない」

『もう教科書！　教科書でいいから！』

仕方がないのでスマホを耳に当てたまま、机の引出しを開ける。古文の教科書が一番上にあった。

「枕草子(まくらのそうし)でいいか？」

『なんでもいいよ！　早く！　早くしないと充電切れちゃう』

「いや、充電は電話をかける前にしておけよ」

『お説教はいいから早く枕草子を！　枕草子を聞かないと眠れない！』

なんでもいいから喋(しゃべ)れと言っていたくせに……なぜか激しい枕草子推しになっている。

「ええと、春はあけぼの。ようよう……」

俺は教科書を構え、電話越しに枕草子を音読して聞かせた。

久留里は黙って聞いていたが、音読が終わると電話越しに鼻水を啜(すす)る音が聞こえた。

『あ……ありがとう、ありがとう……コウちゃん……あはれなり……いとおかし……』

そこで充電が切れたのか、謎の言葉を残して通話がぷつりと切れた。

妹と電話しただけのはずなのに、なぜか呪文を唱えて悪霊(あくりょう)を除霊したかのような気持ちになった。

久留里はそこからタガが外れたようで、翌朝には連続ＬＩＮＥが来ていた。

『これから帰る』『今電車に乗った』はまだいい。『トイレに行った』『朝ごはんを食べた』

などの報告と、途中に通過する駅の名前まで毎度報告が届けられた。

今日は父は仕事だし、母も所用があって家にいない。四葉も友達の家に行っている。全員夕方ごろには戻るだろうが、今、家には俺以外誰もいなかった。

居間の窓を開けて庭を覗くと蟬の声がうるさい夏だった。ノイズじみた蟬の悲鳴がわんわんと鳴り響いている。

スマホを見ると、『私、久留里。あなたの家の最寄り駅の近くにいるの』と入っていた。

俺はスマホをテーブルに置いて庭の草むしりをした。

それを終え、麦茶を飲んでからスマホを見ると、『今、バーキンを越えたところにいるの』『あなたの家の近くのコンビニにいるの』と連続でメッセージが入っている。

だんだん、近づいてきている。

静かな家で、間髪入れずに俺の手の中のスマホがぽこんと音を立てる。

『私、久留里。あなたの家のすぐ近くよ』

その文面を見たときに少し離れた場所でカチャン……と静かに扉の開閉の音が聞こえた気がした。

そのまましばらく気配に耳を澄ませていたが、蟬の声がうるさくてよくわからなかった。

気のせいだったか……。そう思って扉に向けていた視線を外し、窓の外に向けた。

気がつくと陽が落ちたのか、急に部屋が一段階暗くなった。

あまりに大きい蟬の音はノイズの塊になって、逆に妙な静けさを感じた。

ふと、背後で床がギシッと軋む気配を感じて振り返る。

「私、久留里……あなたのすぐうしろに……」

「うおぁあああぁーーー!!」

「帰ってきたばかりの愛しい妹に悲鳴を上げるなんて失敬だよ兄！」

「悲鳴を上げられたくなければ妙な演出をするな！」

怨霊……じゃなかった久留里はガバッと抱きついてきた。

「コウちゃん……！」

「グォホ！」

「会いたかったよおおおおお！」

久留里は息を切らせていて、肌は汗ばんでいる。単純に暑いのもあるが、急いで帰ってきたのだろう。くっついたまま早口で捲し立ててくる。

「毎日写真を見てなんとか正気を保っていたけど、隠し撮りしたやつしかなくてほんと後悔した。動画も撮ってたんだけどスイカ割りのときのだからだいぶ猟奇的っていうか、やっぱりスマホに向けて久留里大好きだよ頑張れみたいなコメントしてる動画を撮っておけばよかったなぁって毎日後悔ばっかりしてでもお金は必要だし」

「少し日焼けしたか？」

雑に日焼けと言ったが、久留里は日焼けはしにくい体質なので正確には肌がところどころ赤くなっている。

「うう、日焼け止め塗りたくってたけど……限度があるし……でもこの世界は白いままじゃもものんに会いに行けない仕組みだから」

「頑張ったな」

そう言って頭を撫でると久留里は「おおん！」と咽び泣いた。

「コウちゃん、今日からはまた毎日一緒だよおぉ！　食べるときも吐くときも、病めるときも健やかなるときも、あなたが何をしているときも、お風呂もトイレも歯磨きも着替えも筋トレも麦茶飲むのも吐くのも私全部全部見てるうぅ！」

「定期的に吐かせるのやめろ」

「もう一秒だって離れてたくないの。私はチョウチンアンコウの雄のようにあなたと同化して細胞はどちらのものかわからなくなりあなたは私に私はあなたになってこの先の人生を送り輪廻の果てにも……」

妹が、少し離れていた間に怨霊と化してしまっている。

「悪霊退散！　急急如律令」

言い放って立ち去ろうとすると、怨霊が足にまとわりついてきた。

「悪霊じゃないってぇー！　可愛い妹でしょぉぉ！」

「少し落ち着け！」

「枕草子音読してぇぇ！」

久留里が俺の足に縋り付いていたところ、扉が開く音がして四葉が入ってきた。

「お姉……おかえり」

「よ、四葉ー！　会いたかったよぉぉ！」

久留里は四葉をむぎゅっと抱きしめた。

「相変わらず可愛いね。どうしてそんなに可愛いの？　宇宙の神様に愛されてるのかな？　年中無休で〝可愛い〟のお仕事をしててえらいね！　私がいなくて寂しかったよね？　ね？」

「お姉……力強い……たったの一週間でおおげさ」

「よ、よちゅばぁ……！」

少し前までは無言で抱き返してくれていた四葉が少しの照れと共に姉を引き剝がした。

久留里よりも、四葉のほうが大人への成長が顕著に見て取れる。

「くんちゃん！　帰ってる？　今夜は帰還パーティよ！」

玄関先からガチャガチャと音が聞こえ、ケーキの箱を持った母が飛び込んできた。

「久留里ちゃんいるかい？　戻ってる？　どこだ？　いた！」

一足遅れて父もどでかいローストチキンの箱を片手に走って入ってくる。

「パパ、ママ、ただいまぁ！」

「くんちゃーん！　寂しかったよぉ！」

「久留里ちゃん、バイト大変だった？　怪我とかどこもしてないよね？」

「それチキン？　チキンだよね。食べたい！」

まったく娘離れできていない両親を見ていると、大人とか子どもとかじゃなく、家族離れは資質によるところが大きいのかもしれないと思い直した。

＊　　＊

過酷なアルバイトを終えた久留里は俺の部屋でアイドルグループ『おはぎ小町』のライブのチケットを手にポーズを決めていた。

「ついに明日だよ！　同行よろしく！」

そして、会場は少しだけ遠方だったため、俺もそれに同行することとなっていた。

「うん。よかったな。今日は早く寝ろ」

「もものんに会えるの楽しみ過ぎて寝れない……」

「とりあえず俺のベッドで転がるのをやめろ」

「転がり運動をあと百回すれば疲れて寝れるかもしれない……」

「早く降りろ」

「楽しみ過ぎて降りれないーもものんもものん。はいコウちゃんもご一緒に！　もものんもものん」

「…………」

「言わなきゃ降りないよ」

「もものんもものん……」

「いーねいーね。もう一回！」

戻ってきた久留里がいつも通りだっただけではなく、家から離れていた反動なのか少しバキ妹感を取り戻していたことに俺は安堵(あんど)した。

翌日、久留里は家を出た瞬間から軽やかなステップで歩み始めた。

「ああ、サイッコーだよぉ！　もものん、ようやく会えるね……！」

スマホを見つめながら感慨深げにつぶやく。画面には〝もものん〟の写真があった。

「まぁ私は毎日写真と動画で顔見てたし、インスタもチェックしてたからもものんが毎日どうしてたかはだいたい把握してたけど……私がなかなか会いに行けてなかったからもものんは心配していたかもしれない」

「お、おう」

男ファンが言っていたらだいぶキツイ発言だというのに、なぜ女性だと多少ネジが飛んだ強火のファンですむのだろう。考えてみて、好意に性欲が少しも絡まないという前提の上だろうと結論づけた。それがあれば女性でも平等にちゃんとヤバい。男女平等。

コンサート会場に入った久留里は俺の袖を摑み、武者震いのような動きをした。

「うおおおおお。この空気感。たぎる……！　久しぶりのもものんだよ……もものん私だよ……会いたかったよ会いにきたよぉ」

「よかったな」

「私はこのために身を粉にして働いた……！」

ライブは久留里にとっては夢のような時間だが、俺にとってはそうでもない。

俺の図体が後ろの方の視界を邪魔していないかが気になってしまい、だいたいライブの間中、申し訳ない気持ちで身を縮めていることになるのだ。俺はべつにファンではないのでそのへんの申し訳なさはひとしおだ。

春にライブに行って以来、あまりイベントに行けていなかった久留里はライブの間中、頬を紅潮させ、ときにペンライトを振り、ときに拍手をして、ものすごく生き生きとしていた。

幸せそうで楽しそうな久留里を見ていると、心底よかったなと思うと同時に、ここまで思い込めるものがあるということに羨ましくなる。

ライブが終わると、久留里は感極まってべしゃべしゃに泣いていた。

「うう……最高だったーコウちゃん一緒に来てくれてありがとー……」

俺は黙ってティッシュを渡した。

「コウちゃんまったく感動してないの？」

「……そうだな。特に誰かが脱退したとかでもないし……そこまで感動するポイントはなかった……」

「ものんがライブに向けて頑張ってきた努力、類稀なその輝き？　新曲が流れたときの沸き立った空気感……会場の一体感……そんなのがぜんぶグイグイ来たでしょお！　なんていうか、こんな気持ちを味わわせてくれるもののんという存在への感謝の気持ちで満たされて……泣いちゃうんだよぉ」

「うーん……俺も推しを作ればもう少し楽しめるだろうか」

「コウちゃんが⁉　小町で？　……誰が好みなの？」

久留里が涙を引っ込めてぱっと顔を上げた。

「好み……うーん」

『おはぎ小町』は四人組のアイドルグループだ。いかにも器用な優等生で真面目なりんりん。ショートカットでボーイッシュなケイ。大人しめで要領は悪いけど頑張り屋のもものん。小悪魔系お色気キャラのちなみんで構成されている。アイドルなので、皆タイプは違っても可愛らしい。誰を推してもいいような気はするが、誰を特別応援したくなるかというと、なかなか難しい。

「やっぱ駄目！　コウちゃんは誰も推さない！　推すなら箱推し以外は認めない！」

「なんでだよ……」

「コウちゃんが女の子推してるの、想像したら……ちょっと嫌だった」

俺のような図体のでかい陰気な男がアイドルを推すのは不気味ということだろうか……。

べつにいいじゃないか……。そうは思いつつも気持ちは少しわからなくもない。

「なら、小町から離れて……男を推すか」

「えっ……アイドルの？」

「アイドルはやめておこう……野球選手とか、棋士だとか、いくらでもスターがいるじゃないか」

「んでも……なんにしてもまずジャンルにハマらないとね。推しを推すのは権利であって義務じゃないんだから」

「そうだな……」

「コウちゃんは何事にもあまりハマりこまないからね」

その通りだった。妹はよく知っている。俺は自分を律しようとする抑制力のようなものが強いせいか、滅多にハマらないしハメも外さない。

自宅の最寄り駅に着くころには夕食の時間をだいぶ過ぎていた。両親にもあらかじめ夕食には間に合わないと言ってあったので、俺と久留里はファミレスへと入った。

久留里は「肉、肉」とつぶやきながらメニューを見て、すぐにサーロインステーキプレートに決めた。俺は天重を注文する。

久留里は注文してからスマホをチェックしながらつぶやく。

「はぁ……どうして私はもものんじゃないんだろう……」

「あんなふうになりたいのか？」

「あんなふうになりたいとかじゃなくて、もものんが好き過ぎて、眩し過ぎてそのものになってしまいたい………あれ？　ううん、駄目だ。もものんになったらもものんを推せないな……ああ二律背反……ホコタテ……しんどみ強ぉ……」

久留里はしょうもないことを言って大きなため息を吐いた。

「私はコウちゃんと違ってハマりやすいから、よくあれになりたい、あの人になりたいとか思うこと多いんだけど……」

「確かにそうだな」

数年前の大掃除のとき、久留里が保育園で書いたと思われる七夕の短冊が出てきたが、でかでかと『消防車になりたい』と書かれていた。きちんと俺の記憶にある時代には、テレビでやってる戦う美少女戦士の『ラブレボポリスになりたい』と言っていたし、その後もちょっと可愛いアイドルがいるとすぐにあの子になりたいと言い出していた。その辺について、べつに他人にならなくとも十分容姿に恵まれているのに少し不思議に思っていたものだった。

「でも、コウちゃんがいるから……私は私でよかったんだって思えるんだよね」

「うん？」

「私が入鹿久留里じゃなかったら、コウちゃんがお兄ちゃんじゃないじゃない？　まぁ……血はつながってなかったけど」

「……ん？」

事実とはいえ、あまりにさらっと突然交ぜてきたのでびっくりして久留里を見た。

久留里は一瞬だけれど、どこか挑戦的な瞳でこちらを見た。

「ね？　つながってないもんね？　血」

倒置法でさらに重ねてきた。

まぁ、知ってしまったのにわざわざ言わないようにするより、こうやってカジュアルに認めていくほうが久留里らしいかもしれない。

だいぶ動揺して水のグラスを倒しそうになったがとっさにちゃんと支えた。大丈夫大丈夫。何もなかった。

「四葉にはまだ言うなよ」

「え？　私とコウちゃんの血がつながってないことを？　うんうん、わかってる！」

何度も口に出されると心臓がざわつくのでやめてほしい。

やがて、注文していた天重とステーキが来て、久留里の表情が輝いた。

「うわーお肉、肉肉しい！　柔らかくて美味しい～！　好きだよ肉」

推しに会いに行き、好きなものを食べ、好きなことを好きなようにしている久留里はとても輝いて見える。

俺は、久留里という妹がいなかったらどうしていただろうか。今でも決して明るくはないが、さらに暗い人間になっていたかもしれない。

俺は目の前の肉にナイフを入れて景気よくモリモリと食べ出した久留里を少し見てから自分の天重に箸を伸ばした。

「ところでコウちゃんはさ、幼馴染み同士の恋愛について、どう思う？」

「は？　唐突になんだ？」

「漫画とかでよくあるじゃない。まるできょうだいのように育ったけど、年頃になると恋が芽生えたりすんの！」

「ああ、あるな」

「……あるよね！　そしてそれはおかしなことではないよね？」

「ああ……そうだな。それがどうかしたのか？」

久留里は口を開け、しばらく半目で俺を睨んでいたが、やがて大きなため息を吐いた。

何かハマってる漫画でも布教したかったのかと思ったが……違ったらしい。

「あのさぁ、コウちゃんは……私にとって、この世に二人といない、ものすっごく特別で、大切な人なんだよ？」

「なんだ？　そんなの俺だってそうだが……」

そう言うと、久留里は口をぱくぱくさせて赤くなった。

「違うんだよね……その、なんていうか、コウちゃんのやつとは違う……」

「久留里、なんだか様子が妙だが……まさか酒とか飲んだりしてないよな？」

「目の前で一緒に注文しておいて……常に懐に小さいボトル入れてるアル中でもない限り飲めないでしょ！」

「……そうだが、そういう突飛なことをお前はやりかねない」

久留里はまた、はぁ～とため息を吐いた。

「まぁいいや。今日は機嫌がいいから許す！」

久留里はそう言って肉を頬張った。

許される覚えはないが、俺は何か悪いことをしたのだろうか。

なんにしろ俺は安堵していた。久留里が帰ってくる前に抱いていた、久留里にどう接するべきかの軽い不安は、久留里が帰宅した瞬間に霧散した。俺と久留里には長年兄妹として過ごしてきた絆がある。むしろ、お互い知ったことを共有することで妙な隠しごとがなくなり、よかったのではないかと思えてきた。

それもこれも久留里が思ったより落ち着いていて、いつも通りにしてくれているからだ。俺が初めて知ったときは酷いものだった。それに比べると久留里のほうがよほど大人かもしれない。俺たちは何も変わらない。いつも通りだ。よかった。

天重をたいらげて顔を上げると、久留里がこちらをじっと睨んでいた。

「今に見てろよ……」

何か不穏な台詞が聞こえた気がしたが、俺はそれを気のせいと思って流した。

＊　＊

翌朝、俺がいつものように早朝ランニングから帰ると、久留里がリビングで待ち構えていた。

「コウちゃん、おはよう！」

「……どこかに出かけるのか？」

久留里は夏はだいたい寝巻き代わりにTシャツと中学のジャージを着ている。出かけない日は一日それで過ごしていたりする。それが今日は、フリルのついたタンクトップにミニスカート姿だった。心なしか、化粧までしているように見える。スカートからはすらりとした白い太ももが出ていて、デートにでも行くかのような装いだった。

「久留里、どこに行くんだ？」

「ん？」

「そんな格好で……」

もし男に会いに行くのならば断固として着替えさせなければならない。たとえば会う相手が久留里の同級生の男ならば、発情期を迎えた猿と思っていい。二秒に一度はエロいことを考えているし、その間のＩＱは２のはずだ。少しでも劣情を煽るような格好は控えさせるべきだ。

「こっちの……この服で行くといい」

「え？　なになに？　ドレスのプレゼント？　ありがとう、着替えてくる～」

久留里は俺が出してきた服に着替えてきたが、汗だくで苦情を申し立てた。

「コウちゃん、このスキーウェアどこから出してきたの？　知ってる？　今、夏だよ⁉」

「気に入らないか？　ならばこっちにしなさい」

また久留里が、俺の用意したイノシシの着ぐるみに着替えてきた。俺は満足して頷く。

これならばどこも露出していない。おまけに造形もリアルであまり可愛くない。相手がよほど特殊なヘキの持ち主でなければ安全なはずだ。

久留里が律儀に被っていた頭の部分をズボッと脱いだ。

「もーっ！　うちのどこにこんな衣装があったの⁉　なんで私はこんな格好をしなきゃなんないの……？　ていうか、これで外に出ろと……？」

「健全な青少年育成のためだ……我慢しろ。で、一体どこに行って誰と会うんだ？」

「どこにも行かない！　おめかしをしただけです！」

「おめかしを……？　そ、そうか……」

休日の家の中で、なんのために……？　いや、女子の思考回路は計り知れない。突然おめかしをしたくなることもあるのかもしれない。そういえば四葉も新しい服を買ってもらうと、どこに行くわけでもないのに着て鏡の前に立ち、気取った顔でポーズを取り、俺に感想を求めてくることがあった。それと同様の何かなのだろう。

ソファに座ってぼんやりしていると久留里が声をかけてくる。

「ね、ねぇ、光雪くん！」

今度は突然の呼び名変更だった。

「……なんの遊びを始めたんだ？」

「こう……たまには呼び方を変えたりすると新鮮味が増すかなぁって」

「新鮮味……それは兄妹に必要か？」

「必要でしょ！」

そもそもが元々〝お兄ちゃん〟呼びだったわけではないので、そこまで新鮮でもない。

「あのさぁ、私たちは血がつながっていないわけなんだから……」

「うわ、家でそういうことを気軽に口にするな！　四葉がいたらどうするんだ」

そう言ったあと、久留里を見るとどこかぼんやりした顔で両方の頰を押さえていた。

「どうした？」

「……今の、なんかよかった」

「え？」

「何か秘めゴト感があって、実によかった！　ドキドキした！」

久留里は俺の首に手をまわし、耳元に顔を近づけてくる。

「ね、光雪くん、私と光雪くんは血が……」

生温かい息が耳にかかってぞわぞわした。

「やめりゃあ！」

叫んで引き剝がす。

「それ何語？」

久留里は、はぁと小さく息を吐いたあと、身を屈めてじっと見つめてくる。

「ん……？」

「コウちゃん」

「んん？」

「何か……目覚めたりしてない？」

「オカルトか？　なぜ妹の顔見て突然新たなるパワーに目覚めなければならないんだ？」

久留里はしばらく眉根を寄せた顔で腰に手を当てていたが、ふいに立ち上がる。

「…………朴念仁」

謎の捨て台詞(ぜりふ)をぼそりと吐き、久留里は着ぐるみのままトボトボと部屋へ戻っていく。

「久留里！　脱いだ服はきちんと洗濯機に入れろ！」

「ヘッ……コウちゃんがやっといて……」

久留里はドスドスと階段を上がり、部屋の扉がパタンと閉まる音がした。本当に、どこかに出かけるわけではなかったらしい。

俺は困惑しつつも久留里の脱ぎ散らかした服を洗濯機に入れた。

そうしてふと見ると四葉が出かける格好で玄関にいた。

「どこか行くのか？」

そう聞くとジトッとした目でこちらを見た。

「…………内緒」

「なっ、一体どこに行くんだ⁉　男子の家か？　子どもだけで花火をしたりするなよ！　悪い奴らと悪い遊びはせずに、五時前には風のように帰るんだぞ！」

「……お兄はそうやってうるさいから内緒なの」

四葉はべっと舌を出し、逃げるようにバタバタと玄関を出ていった。

繰り返しの日々の中、何も変わっていないと思いきや、年齢と共に、妹が難しくなってきているのを感じる……。

＊　　＊

ダラダラとしたいつも通りの日々を過ごしていると、夏休みの残機が減ってきていた。

毎日退屈でやることも特にないというのに名残惜しいし、物悲しい。

部屋でコソコソとイラストを描いていると、スマホを持った久留里がぞんざいなノックのあとに入ってきた。慌ててタブレットを隠す。

「コウちゃん、美波んとこの神社が夏祭りしてるみたいだから四葉連れていこ」

「ああ、いいぞ」

「女の子のイラストを描いていたんだね。なんで隠すの？　もう知ってるよ？」

久留里はきょとんとした顔で聞いてくる。

「な、なんとなくだ。もう出るのか？」

「今、四葉に浴衣着せたとこ。これから私も着替えるんだ。終わったらまた呼びにくるね」

まだかかりそうだ。久留里が出ていったあと、俺はもう少し作業をしてからタブレットをしまって身なりを整えた。もう準備は終わっているだろう。

リビングの扉の前に行くと笑い声が響いていた。

「もう着替えたか？」

一応声をかけると久留里の明るい声が返ってきた。

「もー着たよ。今写真撮影してんの」

遅いと思ったらそんなことをしていたとは。少し呆れた気持ちで扉を開ける。

四葉は紺色の浴衣を、久留里は赤い浴衣を着て楽しそうな笑みを浮かべていた。

「えっへへ。コウちゃん、可愛い？」

そう言って、小首を傾げてポーズを取って見せる久留里は、客観的に見て、とても可愛かった。大きな瞳に透けるような白い肌、艶のある髪も、すべてが完璧な美少女だ。もし、俺たちが知らない者同士で、道ですれ違ったとしても視線を奪われているだろう。ぼんやりとそう思う。だがこれはあくまで客観的な視点だ。

「コウくん？　なんかぼうっとしてる？」

母に言われてはっと我に返る。

「お兄……四葉も着た」

四葉が久留里と同じように小首を傾げてピースをしてくる。

即座に思う。なんて可愛いんだ。俺の妹はめちゃくちゃ可愛い。この可愛さで金山ひとつくらいなら作れそうに可愛い。

「……二人ともよく似合っていて、地獄の業火のように可愛い！」

そうだ。家族は客観的に見なくていい。そんな必要もなく、二人とも可愛い俺の妹だ。

準備をして兄妹三人で玄関を出た。

七尾の親が神主をしている神社は、日暮れが近づき、すでに夜店が出ていた。その多くはまだ準備中だが、祭り自体はもう始まっている様子だった。

夜店の並ぶ参道を通り抜けて一番最初に奥の社務所に行くと、美波が暇そうに店番をしていた。

もっともスマホを手にニヤニヤしていたので漫画でも読みながら暇つぶしを謳歌しているようではあった。

「あ、久留里さん、会長、四葉ちゃんも！　来てくれたんですか」

「七尾は来ているのか？」

「どっかにいると思いますけど……例大祭のときと違って、そこまで忙しくないから逃げたかもしれません」

「逃げた」

「はい。お兄ちゃんはお祭りとかそんなに好きじゃないんですよね」

薄々思ってはいたが、七尾は巷に溢れる楽しげなイベント全般を好いていない。忌々しいものと思っているふしがあった。

「私も久留里さんたちと一緒に見にいきたいけど、今ここ私しかいないから離れられないんだ」

「そっかぁ、残念」

「顔出してくれてありがとね。次会うのは学校かな」

「うん、でも連絡するから、また夜に通話したりしよーね」

「するする！」

俺たち兄妹は夜店を見てまわり、端っこにスペースを見つけて久留里はフランクフルトを、四葉は綿あめを、俺はたこ焼きを食べた。

そのあと参道の端でゴミ袋の口を縛っている七尾を発見した。おそらく仕事なんだろう。とてもつまらなそうな顔をしている。

「七尾」

「あ、会長」

「祭りだな」

七尾は苦々しい顔でこくりと頷いた。

「ええ……さっきから同じ学年のカップルが何組か、イチャイチャしながら歩いてましたよ……浮かれ切った浴衣なんて着て……」

憎々しげな口調でこぼす七尾はやはり、祭りが好きではないようだった。

「自分の家のイベントでイチャイチャされるのはまたひとしおですよ……憎すぎてメロディが生まれそうです」

「えー、学校のカップルがめっちゃ来るの観察できるなんてだいぶアガるけどなぁ。あの人とあの人付き合ってた！　みたいな情報知るの大好き！　七尾先輩、誰と誰を見たの？」

「見たことある顔は何人か見たけど……僕は自分のクラスメイトも半分くらいしか名前を憶えてないから……なんていうか……反吐が出るだけっていうか……」

「じゃあじゃあ、見ちゃいけない衝撃カップルとかいた？」

「へ？　見ちゃいけないって……？」

「ほら、先生と生徒とかー……そこまでいかなくても、先生と先生くらいでも、新聞部が食いつきそうなやつ」

「ああ……特にいなかったと思うけど……もしそんなのいたら呪いをかけたくなるだろうなあ……」

「えー、テンションブチ上がるのになぁ」

七尾の憎しみにまったく理解を示さない久留里は、野次馬精神のほうが強いようだ。

七尾と別れ、またぶらぶらと祭りを見て歩く。

四葉が途中の人波の中に友達を見つけてそちらに行って話し込むと、戻ってきて言う。

「友達と遊んでくる」

そう言うと、さっさとそちらへと行ってしまった。着々と家族離れが進んでいる。とても寂しい。

「四葉はあれで結構友達多いんだよねぇ」

「そうだな。礼儀正しそうないい子たちばかりのようでよかったが」

　幸い女の子ばかりだった。もし悪そうな男友達などいたら、俺は相手が小学三年生でも容赦はしない。

「あれー久留里ちゃんだ！」

　声が聞こえて、そちらを見ると久留里の学年の生徒とおぼしき二人の女子が手を振っていた。

「おー！　来てたんだ？」

「友達か？」

「うん、ちょっと話してくるね。待ってて」

　久留里もしばらくそちらに行って話し込む。遠目に見ているとケタケタと笑っている。

　俺はその間腕を狙ってきた蚊を一匹仕留めた。

　刻一刻と夜が闇を増していく。

　久留里は四葉と比べても、もっと友達が多く、ジャンルも多岐にわたる。今回声をかけてきたのは比較的真面目そうな子たちだった。

　久留里も友人たちと遊びたいだろう。ここは俺だけ先に帰ってもいいかもしれない。

　スマホで先に帰ると連絡を入れてからその場を離れた。

四葉も久留里も、外に友人を作り、家族離れは進んでいる。寂しくはあるがいつまでも家族とベッタリ一緒というのは健全じゃない。こうやって成長と共に少しずつ距離が空くのは仕方のないことだ。

小さな子ども連れの家族や、きょうだいでお面を取り合ったりしているさまを見ながら、俺はゆっくりと歩いた。

人波を縫って出口付近まで来たところ、後ろからどしんと衝撃がぶつかった。

「コウちゃん！」

振り向かなくてもわかる。久留里が巻きついている。

「……あれ、久留里」

「待ってて言ったのに、先帰ろうとしてたでしょー！」

「スマホに連絡を入れといたんだが」

「見たけど、私は了承してない！　コウちゃんとお祭り来たのにほかの人と行くわけないじゃん！」

「……ああ」

友人と来ているときに途中でほかの友人と行くことはない。けれど、実際四葉がそうしたように、家族と来ている場合にはそんなこともあるだろうと思っていた。

「も少ししたら駐車場のほうで花火もちょこっと上がるんだって。それ見てから帰ろ」

「ああ、そうだな」

「帰りは四葉（よつば）も回収していこうね」

「でも、友達付き合いもあるんじゃないか？」

「だから今、遊ばせてあげてるじゃん？　でも、もし同じ方向の子いないと一人で帰ることになっちゃうし、家族なんだから一緒に帰るのは当然だよ」

　四葉だって家族と外の世界の比重が切り替わる時期は近づいている。俺は家族ということで少し遠慮してしまったが、久留里は家族なら当然だと臆面もなく言い切る。その姿は眩（まぶ）しく感じられた。

　俺と久留里は境内のほうに引き返し、途中で買ったラムネを飲みながら花火を待った。

「夏が、夏休みが終わるねー……」

　久留里は笑顔でそう言った途端、はっとした顔をして、俺を見た。

　何か、重大なことを思い出したような顔に、俺も思い当たるふしがあった。

「久留里……まさか」

　俺がそこまで言ったとき、ひゅるる、と最初の花火が打ち上がる音がした。

「まったく手をつけてないのか？」

どこか遠い目をした久留里の上空で、どん、という音と共に大輪の花火が大きく広がる。

「…………」

「夏休みの……宿題」

続いて、二発目の花火も久留里の頭上で広がる。

久留里は少し恥じらうような上目遣いでこちらを見て言った。

「…………うん。今年もよろしくお願いします」

* *

何をどう頑張っても明日の一日で夏休みは終わるが、久留里の宿題はまったく終わっていない。

毎年半ベソで宿題を手に俺の部屋に駆け込んできた久留里に説教から入る、忌まわしい夏の風物詩、恒例のイベントが今年もやってこようとしていた。

「半ベソで泣きつくのはいい。どうしてせめて一週間前に泣きつかないんだ！」

「わ、忘れてたんだって！　完全に！」

久留里の宿題記憶喪失が戻るのは、いつも早くて始業式の三日前。遅いと前日だ。

「夏休みが始まったころは、これから楽しい楽しい夏休みだってときに、宿題のことなんて頭に入る隙まったくないし……中盤は遊びに夢中で忘れてるし……後半は過ぎゆく夏を捕まえようと必死に駆けているもんだから……」

「…………記憶喪失の話はもういい」

「なんで私が記憶喪失になる前に……もっと早く思い出させてくれなかったの？」

「前半、中盤、後半の手前と、何度か言っていたが……耳からすり抜けるように、まったく聞いていなかったのはお前だろう」

「聞こえてない！　まったく聞こえなかったよ！　ささやき声だったんじゃないの？」

「ささやく必要はないのでハキハキ伝えたつもりだったが……俺が宿題、という単語を口に出したときだけお前はしばらく遠い目になって、はっと意識を取り戻したときには忘れているようだったな……」

「うわあん！　センサーが単語間引いてる瞬間じゃんそれ！」

どうやら無駄なセンサーが付いているようだった。

「コウちゃんはもう終わってるんだよね？」

「俺は初日から旅行の日を抜いて一週間ほどかけて、無理なく余裕を持ってすませた」

「うんうん格好いい！　素敵！　手伝って！」

「……もちろんそのつもりだ」

「あざますあざます」

久留里がダイニングテーブルに宿題を広げ、俺は正面に座った。

学年が違うので丸写しができないのは幸いかもしれない。まずは問題集からと、久留里がシャーペンを構えた。

「最初のほうのページは簡単だから……とりあえず埋めていくね」

しゅるしゅると滑らかにシャーペンを滑らせていく。俺はそれをじっと見張っていた。

「こうしてると……昔を思い出すな」

「毎年だいたいこんなだけど、どの年のこと思い出してるの？」

「父さんが今のところに配属される直前、ほとんど帰ってこれなかった年だ」

「ああ、あの年かぁ……じゃあ中一くらいかな？」

それは、俺が中二で久留里が中一の夏休み最終日の午後だった。

その年の久留里も前日の夜に記憶喪失から戻り、寝ずに問題集をやっつけ、ヨボヨボの様相で作文をしていた。

「ゴ……ゴウぢゃん……もう諦めていい……？　鼻血出そう」

「諦めるな！　まだ時間はあるだろう！　鼻血が出そうならあらかじめティッシュを鼻につめておくんだ！」

久留里は白目がちのうつろな顔で、ティッシュでこよりを作りながら言う。

「だってもう作文とかいってもさ……書くことなんも思いつかないし……読み返そうとしても頭に文章が入ってこないし……途中に書き足してたら前と同じこと何度も書いてるし……だんだん何書いてるかよくわかんなくなってきた」

「連続見直し三周目以降のラノベ作家みたいなことを言うな！　諦めるな！　あと少しで既定文字数までいくんだから何か考えるんだ！」

「何も思いつかーん。日本語が出てこないもん」

「じゃあ英語でもタミル語でもタガログ語でもいいから……とにかく何か書くんだ！」

「もっと出ないぃ」

「頑張れ！　終わったら肉を焼いてやるから！」

時折わからない問題を教えたりもするが、半べその久留里を励まし、ときに鼓舞し、なんとか手を動かさせるのが俺の毎年の仕事だった。

「ちょ……ちょっとシャワー浴びてくる……」

久留里がふらふらと立ち上がって浴室へと行った。そして、そのまま三十分ほどしても戻ってこない。

まずい。そう気がついてすぐ浴室に行ったが、そこはすでにもぬけの殻だった。

「くっ、久留里……逃げやがったなァ！」

急いで助けを仰ごうと母の仕事部屋を訪ねた。

「母さん……久留里が」

「あひゃ、コウくん？　何……眠いよ……間に合わないよ……もう何描いてるかよくわかんなくなってきた……」

こちらも久留里と大差なかった。

「うわあっ……！」

「母さん、どうかしたのか？」

「間違えて兄じゃなくて妹にちんこ描いてる……！　ちんぐり返ってる……」

「母さん！　しっかりしてくれ！」

「あぁあー時間がない……もうこのままでいいかなぁ……タイトルを〝ねぇお兄ちゃん、生えてきちゃった〟に変えれば……このままでもいけるよね……へへへへっ……へへ……はは」

母はあてにならない。というか、これはそっとしておいてあげたほうがいい。俺は部屋の扉を閉めて、久留里(くるり)を探しに外に出た。

十分ほど付近を走って見ていくと、近くの公園のブランコで、しょんぼりしながらアイスをペロペロしている久留里を発見した。

しかし、なぜか周りには男子が三人ほどいた。

どこかで見たような顔だった。あれはおそらく同じ中学の三年生、俺のひとつ上の上級生たちだ。

公立の中学校というのは学力で振り分けられる高校と違い、いろんな生徒が同じ学校にいる。私立組以外の、将来、銀行員になる人間とアウトローになる人間、芸能人になる人間などが同じ地区にいるというだけで同じ学校にぶち込まれているのが公立中学なのだ。たとえば目の前の男子たちは、十年後には夜の街で呼び込みくらいはやってそうな空気感を持っていた。

俺は息を切らせてその前まで行った。

「久留里、何してるんだ」

「あ、コウちゃん……アイス買ってもらった……」

「知らない奴(やつ)にものを買ってもらうな」

「知らなくないよ。うちの中学の先輩みたいだから」

「帰るぞ」

「でも……宿題したくな……」

男子の一人が久留里をかばうように、俺の前に出た。こいつはなかなか顔が整っていた。いかにも女子を庇うようなその仕草もさまになっている。瞬間的に自分が悪役に思えてしまう。男は久留里に確認した。

「こいつお兄ちゃんなの？」

「うん、二年の……」

後輩だと知れると、男子たちの空気が一気に緩んだ。

「今この子俺らと遊ぶ約束したから、帰れよ」

どことなく正義感で女子を守る男みたいな口調で言われるが、そうはいかない。今ここで、俺が帰宅すれば、久留里は宿題を提出できないだけでなく、悪い道に引き摺り込まれるかもしれない。

「久留里……」

よほど宿題が嫌なのか、久留里はふいと顔を背けた。

「お兄ちゃん帰れってさ」

男子生徒の一人が俺の肩を軽く押した。

「あっ、コウちゃんに何すんの！」

久留里がぱっと立ち上がり、怒った声を出す。

イケメン男が少し戸惑った顔をした。

「遊びにいくんじゃないのかよ」

「……………うー……ん、それは……」

俺は黙って公園の出口に向かった。

「あ、あれ？　コウちゃん……？」

「帰るんじゃね？　ほっとこうぜ」

俺は少し離れた場所で大きく手を広げて、もう一度呼びかけた。

「久留里！　来い！」

久留里は上級生たちと俺を数秒見比べて、ふるふると震えていたが、やがてダッシュして俺に飛びついてきた。

——久留里、捕獲。

そのままがっちりと手を握って、さっさと公園を出た。

「くうぅ……コウちゃんに手を広げられるとうっかり飛びついてしまう私の習性を利用するなんて……悔しい……」

久留里はぶつくさ言っていたが、家に帰った。

そして、飛び出してアイスまで食べたことで少しストレスが発散できたのか、そこからはなかなかいいペースで宿題を終えたのだった。


そのときのことをしみじみと思い出し、今年の宿題を見つめる久留里に言った。

「今年は逃げるなよ」

「ざっと見たけど、なんか大丈夫そう」

「そうなのか？」

「うん、手は疲れそうだけど、初日提出分は余裕でいけると思う」

そう言って軽快にしゅるしゅるとシャーペンを走らせている。

見た感じ、ためらいがほとんどない、いいペースだった。

久留里は手を休ませることなくしゃかしゃかと問題を解いていく。

そうか。遊び呆けていた中学時代と違い、高校に入ってから授業だけは真面目に受けている久留里は、成績がよくなった。ゼロの状態で色々解かなければならなかった中一のときとはそこが決定的に違うのだろう。

久留里は、はらりと落ちてきた髪を耳にかけ、またペンを動かしていく。

「ねー、コウちゃんは……結婚について、どう思う？」

「まだ先のことだなぁという感想しかないが」

「ま……そうだよね」

　そこからしばらく久留里は無言かつ素晴らしい速度で数学の問題集を終えた。続けて英語の問題集を開く。

「これはメアリーとタカシは結婚しました……だね」

「ああ」

「私たち……結婚ができるんだよねー」

「なんだ。この間の離婚騒動のときの話か？」

「……え？」

「あれは……馬鹿馬鹿しかったなぁ」

「うん？」

「俺たちの偽夫婦（にせ）……だいぶ無理があったよな」

「ええ？　そう？　でもさ、もし結婚したら……」

「したら？」

「ずっと家族でいられるね！」

「……うん、それは楽しそうだな」

ずいぶんと微笑ましいことを言ってくれる。

血がつながっていなかったという悲しい事実をも冗談に変えてしまう、久留里の明るさにはとても救われている。

入学式の日に初めて家族の秘密を聞いたとき。それから夏休みに久留里がそれを知っていたことを知らされたとき。

いずれもどうなるかと焦ったものだったが、なんだかんだ、俺たちは以前と変わらず仲のいい兄妹でいられている。俺たち兄妹は何も変わっていない。俺はそのことに、深い安堵と幸福を感じていた。

＊久留里の我慢

鈍い。

兄が朴念仁すぎる……。

ひとつしか年が変わらない妹と血がつながってなかったんだから普通はほんの少しくらい意識するものじゃないのだろうか。

私が血のつながりがないことを知ったことは言えた。次は見る目を変えさせたいと思ってここのところ色々画策していた。

押してばかりでは駄目だと今年はバイト中に頻繁な連絡を控えた。

おめかししていつもと違う顔を見せようともしてみた。

意識させようと呼び方を変えてみたりもした。

結婚できることをほのめかす、というか、むしろ直球で言ったというのに……なんというか、すべて糠（ぬか）に釘（くぎ）だった。手ごたえゼロ。あれは兄じゃない。糠だった。

だいたい、血がつながってなかったら、もうそれは幼馴染（おさななじ）みのようなものではないだろうか。私はすっかりそう思っている。

いや、違うのかもしれない。

幼馴染み同士というのはなんだかんだ幼いころから仲のいい他人、きょうだいのようであっても他人として過ごしてきている。物心ついた瞬間から、実の兄妹として過ごしてきた私とコウちゃんとはそこが決定的に違うのだ。そしてコウちゃんは常識を指針として道徳の上を歩くような、真面目を絵に描いたような人間だ。加えて、頑固。規範から外れる行動、思考はしないと固く心に決めて生きている。

〝妹は恋愛対象ではない〟

これは常識だ。

物心がついてすぐに刷り込まれたその認識は生半可なことでは覆らないだろう。

私は遠まわしにガチャガチャやるのが得意じゃない。

本当は、もっと強めに、はっきりと、ガツンと言ってやりたい。

それでも、急激に詰めすぎるとドン引きされて逃げられる可能性がある。

コウちゃんの真面目コンピューターに妹からの恋愛感情なんて今ぶっこんだら、ショートしてどんな誤作動を起こすかわからない。平和な家庭が壊れたと認識して、家を出てしまったり、謎に自分を責めて崖ピョン、そこまでいかなくとも、口をきいてもらえなくなるかもしれない。

コウちゃんは最初に家族の秘密を知った時点で私から距離を置こうとしたのだ。そこが私を激しく警戒させている。だから、ひたすらに我慢して遠まわしにしている。ジリジリするのはものすごく性に合わない。ストレスが溜まる。

私は何もコウちゃんにすぐに振り向いてもらいたいわけじゃない。ただ、私は思っていることを言いたかった。ただ、私が好意をもっていることを知ってほしかった。受け入れて同じように返さなくてもいいから、ただ、知って受け止めてほしいのだ。

けれど、やっぱりそれはできない。

失うものが大きすぎるかもしれないから……ストレスの限界まで耐える。

第四章　ポニーテールと全校放送

夏休みが終わり、二学期が始まった。

一ヶ月半顔を見ていなかっただけなのに、クラスメイトたちは少しだけ大人びて感じられた。髪を切った奴、日焼けしている奴もいて、雰囲気も少し違って見えたりもする。

そんな中、席に座っている七尾を見てどこかほっとした。夏休み中も二度ほど会っているせいか、より一層馴染み深くなっている。

「七尾、機嫌がよさそうだな」

「ええ……今日からまた、文化祭に向けて毎日部活がありますからねえ」

「ん？　手になんか書いてあるのか？」

そう言うと、七尾はどこか誇らしげに手の甲を見せてきた。

「これは、オニヤンマ先輩が今朝なぜか僕の手に書いてくれました！」

ニコニコしながら見せてくる手の甲には極太サインペンでデカデカと『Go to hell!』と書いてあった。微笑ましい戯れなのか、嫌われているのかわかりづらい。しかし、七尾は喜んでいるし、オニヤンマ先輩はおそらくだいぶ特殊な人だからこれはこれで親しみの証で、仲良くなっていってるのかもしれない。

「あぁでも……今年はなぁ……」

七尾は言って遠い目をした。

「オニヤンマ先輩と、メタルを一曲だけやることになったので、その練習をしなければならないんですよね」

「嫌なのか？」

「嬉しい半分……憂鬱がもう半分です……僕は、心にフォークを宿しているので……もちろん昔のものにしがみつくだけでなく、それを新しいものへと変換させて自分なりの新しいフォークを作るべきとは薄々気づいているんですが……でもそれは……メタルではないはずなんで……」

言葉が終わりに近づくにつれだんだん力をなくし、小さくなっていく。

オニヤンマ先輩と過ごす時間は嬉しいものの、メタルをやるのはフォーク野郎としての信条にだいぶ反することらしく、七尾は複雑そうな顔をしている。

「入鹿くん」

見ると少し離れた場所で渡瀬が小さく手を振っていたので席を立った。

「どうした？　何か用か？」

「用はないけど、休み明けだから挨拶しとこうと思って……」

「ああ、そうだな。二学期もよろしく頼む」

「入鹿くんは、夏休み、どうだった？」

「特に何もなかったな……」

「相変わらずね……入鹿くんの顔を見ると……ほっとするわ」

渡瀬はそう言って、ふっと笑みを浮かべた。

「一度……学校で会ったわね」

「ああ」

「あのときの私、疲れてたから……すごく元気になれたの」

渡瀬はどこか眩しいような笑顔を向けてくる。

いつも凛としていて隙のない彼女だが、裏では苦労も相当あるのだろう。

「あまり無理をしすぎないようにな……」

そう言うと、渡瀬は少しきょとんとしたあと、あどけない笑みを浮かべて言った。

「ありがと」

彼女はこんなに屈託なく笑う人だったろうか。

渡瀬は以前と比べて明らかに柔らかな表情を見せてくれるようになってきている。

おそらく、渡瀬も俺と同じように警戒心が強いので、友人関係をやることに互いに慣れてきたのだろう。

教師が入ってきて、ざわめきが少し小さくなり、各々が席へと戻っていく。

夏休みという小さな非日常が終わり、まるで際限なく続いていくかのように感じられる、高校生活の日常が戻ってきた。

夏休み明けも、久留里は絶好調に自由を謳歌しているようだった。

「会長、妹さんが……校庭で肉を焼こうとしてます……！」

「すぐに行く！」

俺はなまはげの形相で現場に駆けつけた。

「あれー、コウちゃんも来たの？　ほらさぁ、美波のお婆ちゃんちでやったバーベキューが美味しかったから、アウトドア部の焚き火に肉を投入させてもらって……」

「久留里いぃ！　今すぐ肉をしまえ！」

まさか人生でこんな台詞を言うはめになるとは思わなかった。

久留里はびっくりした顔で答える。

「……ど、どこに⁉」

「わからないが……とりあえず、せめて放課後にできなかったのか？」

「放課後より……お昼に食べたかったんだもん。だから無理言って昼に火を焚いてもらったんだよ」

「そうか……肉をしまえ」

「だからどこに？　お腹(なか)の中？」

「そんなことしたらお前が火傷(やけど)するだろう！」

「あ、心配しないで。服の中に入れるわけじゃなく、口から……はむ……むぐ……摂取することで……」

久留里は言いながら焼けた肉を箸で摘(つま)んで口に放り込む。

「んん……んまい」

「食うな！　しまえ！」

「だから今しまってるって！」

「違う！　そういう意味じゃない！」

「コウちゃん、このニラダレ至高だよぉ」

「食うのをやめろ！」

「最近ストレスが溜まりすぎて肉を食べることでしか解消できないんだよ……」

「お前のように自由な奴がストレスを溜め込むか！」

「あー……またそんなこと言って、もぐ……私のストレスが爆発したらどう責任取ってくれんのさ！　困るのはコウちゃんなんだからね！」

「爆発前から十分困ってるわ！　食うのをやめろ！」

＊　　＊

高校二年の二学期には文化祭もあれば修学旅行もある。俺や渡瀬のような各種責任職を引き受けている人間にとっては雑用にまみれ、忙しい時期といえる。

渡瀬詩織（しおり）が相談を持ちかけてきたのはそのさなかのことだった。

「入鹿くん、ちょっと相談があるの。今日は生徒会の集まりはないけど、放課後に部室に来てくれる？」

「ああ、構わない」

軽い気持ちで出かけると渡瀬は生徒会室で正座していた。

「相談は、クラスのこと、生徒会のこと、文化祭のこと、修学旅行のこと、どれだ？」

渡瀬は俺と共に役職を引き受けている率が異様に高い。どれもそこそこ煩雑で、どれのことかわかって話を聞かなければ混乱すると思って先に確認をした。

「それが……個人的な相談なの」

「個人的な？」

「ええ」

「……俺でいいのか？」

てっきり学校行事絡みの相談だとばかり思っていたので戸惑う。

イベントや役職に絡むものならまだしも、俺は個人的な相談をされるのに適した人間ではまったくなかった。

「前も言ったでしょ？　私、友達がいないから、ほかに相談できる相手がいないの」

そう言われては断れない。俺は薄暗い生徒会執行部の部室で、相談を受けることを承諾した。

「私……実はね」

渡瀬はそこまで言ってすうと大きく息を吸い込む。

「好きな人がいるの」

時が止まった。

実際は止まってなどいないが、そう感じてしまうくらい長く、渡瀬と俺は動きを止めて

いた。

外で鳥がチヨチヨと鳴く声がして、俺は半開きになっていた口を一度閉じた。

いや、聞き間違いかもしれない。確認しておこう。

「うん……もう一度頼む」

「だから、好きな人がいるのよ」

俺は今度は口を大きく開けた。聞き間違いではなかった。

「どうしたらいいと思う？　たとえば入鹿くんなら、女子にどうされたら靡く？」

まさかの恋愛相談だった。渡瀬がそれをすることも、相談相手が俺なことも、すべてがミスキャストに感じられる。

「………………すまないが激しく俺の専門外……」

「いっ、入鹿くんだって男子でしょう？　ちょっと想像して考えてみてほしいの！　とっ、……友達でしょう？」

確かに、ほかでもなく俺を頼ってくれた数少ない友人の相談を逃げたり「よくわからない」の一言では撥ね除けるのはいささか人情が足りないかもしれない。

俺は考えた。しかし、脳のその部分は普段使われていなかったため、錆びついたドアのように、何も出てこない。叩いても埃のような「おお」「どうしたものか」という無意味な感想しか出てこない。

「渡瀬なら……び……美人だから、そのまま言えばいいんじゃないか？」

「……あまり意識されてない気がするのよ」

「そんな鈍感な奴なのか……！」

　渡瀬は目を細めて「ええ……」と答えた。

　三秒に一度は女子のことを考えているような思春期に女子からの好意に気づかない奴がいるとは……それは朴念仁もいいところだ。もっとも、俺のように女子に正面から好かれたことがろくにない奴ならば自分とは無関係なものとして想像もしないかもしれない。

　何しろ相手は渡瀬だ。

　一般人が神社の前にある狛犬だとしたら、渡瀬は金剛力士像くらいには存在感とパワーがある。自分が好かれるなどはまずありえない気がして、余計にそんな想像はしない。

「ちなみに、その相手はどんな……」

　渡瀬は一度俺を見て息を呑んだ。口を開けたが、また閉じる。黙って俯いて首をふるふると横に振った。さすがに名前までは言いたくないのだろう。

「いや、言いたくないなら無理しなくていい」

　俺がそう言うと渡瀬はまだ数秒固まっていたが、やがてふうと小さな息を吐いた。

「あのね……私は自意識過剰で慎重だから、色々と……ためらっていたところがあって……失敗するくらいなら、やめておこうって思ったりしたこともあったの」

渡瀬(わたらせ)はボソボソとそこまで言って、すうっと息を吸った。

「でも夏休みが明けて……久しぶりに顔を見たら……やっぱり……やっぱり、頑張りたいと思ったの」

渡瀬は下を向いて言い切ったあとに、ぱっと顔を上げた。強い瞳で睨(にら)んでくる。俺はその瞳に真剣さを感じ取り、胸を打たれた。

さっきまで曇っていたが、雨が降り出したらしく、外からポツポツと小さな雨音が聞こえてきていた。

思い返せば俺は恋愛に限らず、そうやって人に相談してまで何かを得ようとしたことはあっただろうか。成績は落とさぬようコツコツと、真面目に見られるために責任職を引き受け、世の中の『真面目でマトモ』を模した行動をひたすらとり続けてはいたが、そんなのはどれも俺の本当の夢や望みとは違う。自分が本質に持っていると気づいているヤバさから逃げるための逃避行動でしかない。

自分の欲望に忠実な久留里、夢を持ち追う七尾(ななお)も、俺には眩しい存在だった。俺と似たところがあると思っていた渡瀬が、そうやって何かに自発的に頑張ろうとして、友人として頼ってくれている。これは、聞かないという選択肢はないだろう。

「……応援する」

「え？」

「自らを変え、頑張ろうとする姿勢……実に素晴らしい。俺も見習いたい」

「う、うん」

「協力させてもらう。しかし、現段階では俺にデータが足りないので、三日ほど待ってくれないか？」

「……何を？」

「渡瀬の相談に乗れるよう、少し勉強をしてくる」

俺はそう言って、生徒会室を出た。

最初は少しひるんだが、渡瀬の決意に胸を打たれた。

それに、長く友人がいなかった俺に持ちかけられた友人からの相談だ。これは、全力で勉強して力になってやらなければならない。

俺は渡瀬の相談に乗るため、情報を収集することにした。

しかし、俺には友人がろくにいなかった。唯一話を聞けそうな仲である七尾は絶賛片想い（かたおも）

い中で、いい方法があるならばむしろ聞きたいくらいだろう。

俺は父の書斎で正座していた。

「……というわけで、父さんの恋愛経験と、好意を持たれているとき、人がどういった行動にゆらめきやすいかをうかがいたい！」

「こ、光雪くん……そういうのはあまり身内に聞くものでは……」

「俺も正直父さんの恋愛話なんて全然聞きたくない！　でも、母さんのはもっと聞きたくないんだ！」

「ううむ……なんて正直なんだ」

「俺の友人を助けるため、協力してほしい……！　学生時代の恋愛の思い出などを、なるべくオブラートに包んで時には友人などの例も交えて生々しさを排除した感じに頼む！」

「……なかなか注文が多いね」

父が苦笑した。

「光雪くんには、好きな子はいたことがないのかな？　つまり、恋愛として」

「…………………ない」

父は小さい子に言うかのような優しい声で聞いてくる。

「人を好きになるって、どういうことか、わかるかい？」

ヒトヲ……スキニナルコト……。

「……ワ、ワカル」

「……本当に？　恋愛というのは家族や友人に向ける親愛の情とは違うんだよ？　理屈ではなく……」

「ワカル……」

父が俺のことを、血の通わないロボットを見るかのような目で見てくる。

「光雪くん、恋は時に肉体的な変化をも呼び起こし、動悸が止まらなくなったり、胸が潰れそうなせつない感情でもあるんだよ？　光雪くんに本当にそれが……」

「ワ……ワカリマセン！」

俺は白状した。というか、いくらわかると言っても信じてもらえそうにない。

「わからなくとも、俺は友人に何かアドバイスをしてやりたいんだ！」

「うーん、でも、その前に恋愛感情がどういったものか、想像してみよう」

「想像……？」

「簡単なシミュレーションだ」

父は人差し指をぴんと立てて言う。

「ＡさんとＢさんがいたとする。どちらも女性だ」

「ん？　うん……」

「仮に光雪くんはAさんと両想いだ」

「わかった」

「Aさんは健康、Bさんは左足首を捻挫して歩行がしにくい状態。そしてここは急な階段前だ。どうする？」

「……Bさんの歩行を助ける」

「ふむ。それを見ていたAさんは怒ってしまった。さあどうする？」

「……どうもしないが？」

「時間を見つけてAさんのところに行って誤解を解いたりは？」

「……なぜ誤解するのか、意味がわからないが……」

父がどこか悲しげな目で俺を見てくる。

「い、いや、Aさんのところに行き、俺の考えを述べて、わかってもらう」

「うんうん、いいぞ。さて、ここで新事実、Bさんは実は光雪くんが好きだったのだ……！」

「ちょっと人間関係が絡まってきたけど……父さん、俺は……」

「そうこうしている間にBさんは屋上から飛び降りようとしている。どうする？」

「と、とりあえず止めるだろうな。止めて話を聞く」

「Bさんは光雪くんと付き合えないと死ぬと言ってるぞ！　しかしここで再びAさん登場！　Aさんは鬼の形相で睨んでいる！　さあどうする！」

「……どうすると言われても……なんだその窮地は。父さん、そんなことがあったのか？」

話しながら拳を振り上げ、興奮している父に聞くと真顔で「そんなことあるわけないだろう」と返された。

じゃあ、今の話は……一体なんのために……。

父はオホンと咳払い(せきばら)をして言う。

「つ、つまり、恋というのはケースバイケースであることが多いから、一概にこうされたらいいというのはないんじゃないかな。積極的に来られるとぐらぐら揺れる人もいれば、反対に引いてしまう人もいるだろう」

「何がつまりなのか、話がまったくつながらないんだが……それじゃあ、アドバイスができないだろ……」

「いやいや、誰に対しても有効なアドバイスは存在しない。相手に合ったアドバイスというものがあるのではという話だよ」

「うーん。それはもっともかもしれないな」

それから父は「ちょっと風呂に」などと言ってさっとその場からいなくなった。

よくわからないごまかしをされて逃げられたことにようやく気づいた。

父がまるで当てにならなかったので俺は部屋に戻ってネットの恋愛経験談のようなものを読み漁った。こちらもさほど参考になりそうにない。

しかし、そうしていると、ひとつ気づいたことはあった。

世の中には、男女関係なく、二種類の人間がいるということだ。

それは、モテる奴とモテない奴だ。

それに気づいた瞬間、俺の頭にサカサカと渡瀬のための攻略案内図が作成されていった。


放課後の西日の射し込む生徒会室で俺は渡瀬と対峙していた。

「渡瀬の好きな相手は、モテるタイプなのか？」

「うーん……モテるタイプか……？」

渡瀬は俺の顔をまじまじと見て考え込んだ。

「そんなの判断できるかしら……たとえば入鹿くんは、モテるの？」

「俺は……モテないな」

「そうなの？　でも、たまに……入鹿くんに憧れてるらしいって子は……」

「その又聞きみたいなものは根拠が薄い。いつもいつもそうだ。らしい、だとか、みたいだとかそんなモンヤリした言葉が必ずつきまとい、相手の名前さえ不明なことしかない！

俺は、本当にそんな人がいるなら、ぜひ教えてほしかった！　それに……」

「え、ええ……」

「それに、たとえ真実陰でモテたことが一度や二度あったとしても……俺は性根がモテない男のそれだ！」

稀に、陰で好かれていただとか聞かされることはあっても告白されたりしたことはない。また、日頃から女子ともほとんど話さない。俺は、まごうことなきモテない男だ。俺は胸を張って堂々と答えた。

「だから、モテない男の心なら、ある程度教えられるかもしれない」

「そ……そんなものを教わる意味は……あるのかしら」

渡瀬が少し悲しげにさえ聞こえる掠れ声を上げる。

「あるから言ってるんだ。俺が思うに……相手がモテる男ならば、渡瀬は簡単に攻略できると思うが……もし、モテない男の場合、少し難しいかもしれない」

「え？　なんで？　逆じゃないの？」

俺は生徒会室に備え付けのホワイトボードにキュキュキュと文字を書いて、それを指しながら説明した。

「モテる男は自信があるし、ガツガツしている。また、大概はコミュ強なので現在特定の相手がいない場合、目立つ美人とならば気軽に付き合う可能性が高い」

「は……はぁ」

「しかし、モテない男はやたらと警戒心が強く、自信がない。渡瀬のような優等生で隙のないタイプは自分より上の存在として、高嶺の花だと思って無意識に遠ざけてしまうんだ。それが高嶺であればあるほど、ちょっとやそっと好意を向けられても、『これはみんなに愛想がいいだけだ』『罰ゲームかもしれない』『騙されないぞ』『どうせ相手にされない』などとまっすぐ信用しようとしない。だから鈍感な男に成り下がる」

「う、うん……」

「モテない男は逆に、そこまで高嶺ではなく、手が届きそうで隙のある女子に対しては、ちょっと微笑まれただけで『俺でも行ける』などと勘違いして悲劇が生まれることは多々あったりするんだ。ここまではいいだろうか」

「い、いいわ……」

「渡瀬の好きな相手もモテない奴ならばそこに当てはまる可能性がある」

「うーん……なかなか偏見強めな意見だけど、とりあえず、私の好きな人も、おそらくそのタイプだと思うわ……」

「承知した！　では……まずは日々の挨拶だ。モテない男は穴倉に住む獣だと思っていい。高嶺の花が急に近づくと悪質なからかいやハニートラップを疑い、穴倉に逃げ籠ってしまうんだ。挨拶を繰り返すことで怖い存在ではないことを印象付け、世間話で緊張をほぐし、罠ではないことを無意識下に刷り込んでいく。とにかく世間話をしてもおかしくない関係にもっていくのが先決だ」

「それなら……うぬぼれかもしれないけれど、多少は仲がいいと思うの……そのあとは、どうするの？」

「え……？」

そこまでしか考えていなかった。俺が今回準備していたのは基礎だ。応用となるとまた新たな調査が必要となる。俺自身が女子を攻略をしたことがないのだから、流れなど知るよしもない。俺は久留里のやっていた恋愛シミュレーションゲームや、久留里が貸してきた少女漫画などの薄い記憶を総動員して考える。何も思いつかない。穴倉……獣……自分の言ったことを反芻して考える。

「……弁当を作るのはどうだろう」

「お弁当？」

「ああ……餌付けなどをしながらさらに警戒心を少しずつ解いていこう。ほどよく懐いてきたら、一緒の下校を誘う」

「一般的なのかはわからないけど、ほかならぬ入鹿くんの意見だし……参考にさせてもらうわ」——

なんとも適当で陳腐なアドバイスをしてしまった……。他人の作った弁当が食えないタイプの人間だったら悪いことになる。後悔したが、渡瀬は真面目な顔でこくりと頷いた。

翌日の昼休み。弁当箱の入ったランチバッグを二つ、大事そうに抱えている渡瀬が俺の席まで来た。

「今日はお弁当を……作ってきたの」

「そうか、ではそれを……」

「ちょっと自信がないから……先に入鹿くんが食べて感想をくれない？」

「……え？　ああ」

一緒に空き教室に入って、弁当を広げる。

渡瀬の弁当は見事であった。二段のお重のひとつには色鮮やかなちらし寿司が半分と、もう半分にはいなり寿司がみっちり入っている。

もうひとつのおかずの箱には大きく立派な豚の角煮、照りのあるきんぴらごぼう、形の良いだし巻き玉子など、見ただけで見事だった。茶色くなりがちなところは半分に切られたゆで卵やミニトマトなどが彩も鮮やかに配置されている。

「これは……角煮か……!?」

「ええ」

一度だけ作ったことがあるが、圧力鍋を使ったとしても下茹でして臭みを消してと、やたらと手間と時間がかかる。二度と作らないと誓った。これを本番前の練習弁当に入れるなんてだいぶ大盤振る舞いといえる。

「これは八角を香り付けに使っているんだけど、八角を入れるとそれはもはや角煮じゃない派閥もあるらしくて……入鹿くんは大丈夫だったかしら」

「俺はそのへんの派閥に疎いのでよくわからないが……とても美味い」

「よかったわ」

まさか平日の昼からこんな豪華で美味しいものが食べられるなんて思ってもいなかった。

これは、売りに出せる弁当だ。

「本当にすごいな……よく作ってるのか？」

「母が忙しいときにたまに弟や妹の分まで作るけど、毎日ではないわ。だからちょっと緊張した」

「美味い……このきんぴらが特に美味い」

「本当？　ふふ……好きそうだと思って……あ、こっちのスープジャーには豚汁を入れてあるの」

「な、なんだって⁉」

「苦手だった？」

「いや、大好物だ」

豚汁も温かくて非常に美味で、俺はそれをあっという間に完食した。渡瀬の弁当は本当に美味かった。

食べ終わってお茶などを飲んでいると、渡瀬が几帳面（きちょうめん）な手つきで弁当箱をランチバッグにしまいながら言う。

「あの……必殺技はないかしら？」

「え？　技か？　格闘なら渡瀬のほうが詳しいんじゃないか？」

「そうじゃなくて……！　好きな人をきゅんとさせる技よ！」

「き……きゅんか……」

「自分でも色々考えてみようとは思うんだけど……それでもまったく意識されなかったときに、御守(おまも)りにしたいの。こう……少し思い切った技はないかしら」

言われて考え込んだ。女子が男子をきゅんとさせる……思い切った技……たとえば……。

おっぱいを見せる。

いや、びっくりはするだろうが、きゅんとは違うし、そんなことをしてギュンとなって渡瀬に危険が及ぶ可能性を考えると除外したい。だいたいものすごく非常識だ。俺の頭がマトモに働いていない。

必死に思考して、そのとき俺の頭を過(よぎ)ったのは、夏休み中に見た七尾(ななお)とオニヤンマ先輩の光景だった。七尾はあれだけ拒否していたメタルバンド結成を、手を握られた瞬間に快諾していた。

「……手を握る」

「手を？　そんなことをして怯(おび)えて逃げられないかしら？」

渡瀬がなんだかんだ俺の意見を参考にしてくれて、それに沿った返答をしてくれているところに責任を感じる。

「逃げたとしても、女子から手を握られて意識しない奴はいない。これは断言できる」

「なら、いただいておくわ」

なんだか思いつきでものすごく浅いコメントをしている気がするが、大丈夫だろうか。

「あと、参考までに……入鹿くんは、女の子の髪型はどんなのが好きかしら？」

髪型？　女子の髪型の名前なんて、坊主とショートカットと三つ編みくらいしか知らないぞ⁉　そんなのは俺に聞くより雑誌を見て調べたほうがいいんじゃないのか⁉

俺は心の動揺を押し殺しながら思考する。男が好きな髪型……俺の浅慮なコメントで髪を切るようなことはさせたくないし、常識的で無難な答えがどこかにあるはずだ。俺は脳内を隅々まで検索して口を開いた。

「ポニーテールだ！」

ポニーテールを蛇蝎の如く嫌う男はそういないだろう。俺は無難かつ無害な回答をすることに成功した。

「ありがとう！　参考にさせてもらうわ」

「い、いや……」

それにしても……何か言うたびに思うが、本当に俺は役に立てているのだろうか……。

免許のない奴が本を読んで運転の仕方を教えているような危うさを感じる。

その日の夜、寝る前に水を飲もうとキッチンに入った俺は電気を点けた。

「おわあ！」

明かりが点くと、ダイニングテーブルで久留里が食べていた。

レトルトの牛丼の上にウインナーを大量にのせたデブ飯を一心不乱にかきこんでいる。

「久留里……何をやっている」

「むぐ……ストレスが……すごくて……」

「そういえば、少し痩せたか？」

「そうなんだよ……食欲がものすごくて、いつもの倍食べてるのに痩せていくんだよ……」

「何か悩みがあるなら……」

「あ、いい。コウちゃんにどうにかできることじゃないから……もうちょっと耐える」

「そうか。いつでも頼れよ」

久留里は放っておいても限界が近づくときちんと頼ってくれる。そこに関しては無駄な信頼があった。本人がまだいいというのなら大丈夫だろう。

翌日、下駄箱で靴を履き替えている渡瀬を見かけた。挨拶をしようとして気づく。

今日の渡瀬は髪を高い位置でひとつに結んでいた。

俺の知る知識で合っていれば、それは、ポニーテールだった。

「おはよう」

「あ、入鹿くん、おはよう」

そう言ってから、渡瀬（わたらせ）は自分の髪を照れくさそうに少し触る。

「あの、これ……」

「ポニーテールだな」

「そうなの……色々やってみようと思って……どうかしら」

「……いいんじゃないか。すごくよく似合っている」

「よかった」

そのあたりでふと思った。

渡瀬は俺の好きな髪型を聞いて、俺が好きと言った髪型にしてきた。

弁当は好きな奴（やつ）にやるのかと思えば俺に食わせた。

アドバイス通りのことを……俺にやってきている……!?

そこまで思って俺は自らの頬をバシンと勢いよく打った。

「わ、入鹿くん、どうしたの？」

「蚊だ。蚊の音がしたんだ……！」

「まだいるのね……赤くなってるけど大丈夫？」

いや、馬鹿なことを考えるな。もし俺の勘違いだったら、恥ずかしいにもほどがある。

もし……勘違いだったら……。

ふいに、目の前の渡瀬とは別の渡瀬が脳裏に浮かんだ。脳内の彼女は嫌悪をあらわにドン引きした顔で言い放つ。

『友達だと思ったから相談したのに……そんな勘違いするなんて……困るわ』

「うぐッ」

それは想像にも拘わらず俺の自意識の心臓をリアルに抉った。

冷静になれ。そもそも恋愛相手に恋愛相談をするなんて普通はありえないだろ！　弁当は自信がないから練習として食べてみてくれと言われたし、髪型は色々試してみているだけだ。何も俺に見せるためにやってきたわけじゃない。そんなことを思うのは自意識過剰だ。

そもそも俺は他人の言葉の裏を読んだり、深読みして機微を推し量るのはものすごく不得手なのだ。見当違いな深読みはやめたほうがいい。ありのまま、言われたことが全てだ。

放課後になって渡瀬が声をかけてくる。

「相談したいから、一緒に帰らない？」

「お、ぅ」

下校を誘う。これも俺がしたアドバイスだ。

だんだん不思議な気持ちになってきた。

相談したいなら休み時間でもいいはずだ。全部を俺で試す必要はないだろう。

それに、『夏休みが明けて顔を見たら～』、という言葉から推測するに相手は学校の人間である可能性が高い……友達が俺しかいないというのに、そこそこ仲がいいと言う。

もしかして……やはり相手は……『俺』だという可能性はないだろうか。

「ヘゴッ！」

俺は思い切り自分の顔にグーで拳を叩きこみ、下駄箱の端に勢いよく倒れこんだ。

「い、入鹿くん⁉」

「蚊……蚊だ」

「蚊なの？ グーで？」

冷静さをとりもどし、立ち上がって渡瀬と揃って校門を出た。

もう一度冷静になって考えろ。一般的な倫理、道徳、常識に沿って、正しく客観的な回答をはじき出せ。

もし相手が俺だとしたら、わざわざほかに好きな相手がいるだなんて言うだろうか。

――言わない。

うむ。言わないはずだ。そんな誤解をされたら七面倒くさいだけではないか。

しかし、渡瀬の普段の性格を見ていると、そこにも疑惑が芽生える。渡瀬は、失敗を恐れる慎重派だし、自意識も強い。結構七面倒くさいところもあるのだ。ありえなくは……

いや、それは俺の自意識過剰が見せる疑惑じゃないのか。

それはない、と否定する冷静な自分と、自意識過剰な自分がせめぎ合い、脳内で「まさかな」と「いやしかし」を繰り返し、迷宮にはまっている。

渡瀬はたまに一緒になっても普段は少し離れたところを歩いているが、今日はやけに距離が近い。それが余計に俺を悶々とさせる。

いや、冷静に考えれば考えるほどにない。あの渡瀬だぞ。

ふいに渡瀬がさらに距離を詰めた。風でなびいた長い髪から、シャンプーの香りがふわりと鼻腔に届いた。

そうして、渡瀬は耳元でささやくような小さい声で言う。

「ちょっと、必殺技の練習させて？」

渡瀬のよく通る声が耳をくすぐり、その手が俺の手をそっと握ってきた。

「……っ‼」

心臓がギュインと飛び跳ねた。

やわらかで、自分より小さなすべすべの手が、俺の手を遠慮がちに握っている。

その瞬間の俺は、びっくりしたなんてものではなかった。脳内の管制塔ではエマージェンシーコールが大音量で鳴り響き、何度も捨てたはずの疑惑がゴミ箱から出てきて集結し、俺の自意識を直撃する。

「わ、渡瀬……」

「なに？」

渡瀬がこちらを向いた。その頰がほんの少し赤い……気がした。

「ちょっと聞いてみるだけで、本気でそう思っているわけではないんだが……」

「何かしら」

「渡瀬が好きな相手は……」

「うん？」

「もしかして……お……」

「え？」

俺は口を「お」の字にして固まった。それ以上はなぜかいくら声を出そうとしても音が発せられなかった。

あまりに非現実的なことを口走ろうとしたためか、意識がグワンと乖離した。

口から魂が抜け出て、俺と渡瀬のいる歩道を、魚眼レンズで俯瞰しているように、空間が歪んだ。

俺の脳内の管制塔に複数ある巨大なモニターには、相手が俺ではなかった場合の渡瀬の軽蔑したような顔がいくつも映し出されていく。

オ…………ワタラセガ……スキナノ……ハ…………モシカシテ、オ…………オ…………オ…………オ…………ナハズガナイ！

俺の脳内の俺ロボがショートして煙を出してガガガビーと音が鳴る。

俺は空中に彷徨っていた意識を手繰り寄せ、なんとか地面に立つ自分へと戻ってきた。

「お……俺の知っている奴だったりするか？」

渡瀬はたっぷりの沈黙のあと、ほんのり頬を染めてこくりと頷いた。

わからない。

こんなの、どっちにでも解釈できる。難解すぎる。

＊　　＊

「うーん……」

　俺は帰宅後もずっと考えていた。

　渡瀬は協力してほしいという割に相手の名前は言わないし、アドバイスは全部俺に実践してくる。相手が俺な可能性もなくはない。

　しかし、これが大きな勘違いだった場合、ものすごく恥ずかしいことである。

　たぶん、これから先の俺の人生において、夜中に突然思い出して枕をバンバン叩くハメになる案件だ。その発作は想像を絶する苦しみを伴うだろう。

　ない。ないんだ。相手はあの渡瀬だぞ。万が一にもそんなことを考えるな。あとで恥ずかしいのはお前だぞ。自分にそう言い聞かせる。

　こんな無駄な疑いを持っていると真面目に協力しようとしているのに気が散ってしまう。

　俺は上の空で夕食の豆腐にソースをかけて口に運び、途中で気がついたがそのまま気にせず完食して自室に戻った。

　もう一度、基本に立ち返って、きちんと相談されたことを考えよう。

一般的な男は美人にどう言い寄られたら靡(なび)くか……。

美人で、清廉な、巨乳の女性に……。

──なんでもいいんじゃないのか？

「うーん…………うわぁっ！」

唸(うな)りながらベッドに腰掛けると、すぐ横に久留里(くるり)の頭だけが出ていた。

「うわあ！　生首だ！」

「私だよ！」

「お前はなぜ俺のベッドで寝ているんだ！」

「それは私が先ほどコウちゃんのベッドに潜り込んだからです！」

「答えになってない！」

「これ以上ないくらいの返答だと思うなー。コウちゃんが寝てるときに裸で潜り込んだわけでもないんだからそこまで驚くことじゃないでしょ」

「……何か危ないこと言ってないか？」

俺の言葉を聞いた久留里が寝転がったまま俺の顔を覗(のぞ)き込んでくる。

「私が裸で潜り込んだら……コウちゃん危ないの？」

「そういう意味じゃない。危ないというのは……シチュエーションが狂気という意味で言っている」

「そうなの？　本当は今裸だけど、それはどうということもないんだ？」

「え……？　着てないのか？」

「どっちだと思う？」

一瞬、久留里ならやりかねないと思ってしまった。どっちだ。まさか本当に裸？　いや、さすがに着てるだろう。しかし……どっちだ……シュレディンガーの妹だ。

惑っていると久留里が掛け布団からモゾリと出てきた。気の抜けたひらがなで『はだか』と書いてあるTシャツに、下は中学のジャージだった。

「最近ストレスが爆発寸前でさ。ここ、コウちゃんの匂いがして寝やすいんだよねー」

久留里はそう言うと、また掛け布団の奥深くへシュッと戻っていく。珍種の生き物を連想させる動きだ。

ふと気づいた。俺の周りで一番交友関係が広く、モテる奴。それはこの妹じゃないのか。

「……久留里、お前はモテるんだろう」

「ん？　まぁまぁかなー。モテなくはない」

布団の中から能天気な答えが聞こえてきた。

臆面もなく言えるあたり、本当にモテるのだろう。

「聞いたことも考えたこともなかったが……恋愛経験はあるのか？」

久留里はシュッと顔を出した。

「…………なくはない」

「い、いつの間にだ!?　相手は誰だ？　答えによっては……」

俺は無意識に手の骨をポキポキと鳴らした。

「い、いやいやいや、前の話、すごい前のほんのりした二次元の話、あ、四次元だったかも。なんもない。私はまだ、コウちゃんというお兄ちゃんと楽しくしてるから……当分彼氏はいいかなー」

「それならいいが……誰と交際するにしろ、付き合う前に俺に言えよ」

「なんで？」

「ろくでもない男かもしれない。俺の妹と付き合う奴を、きちんと審査する必要がある」

「……な、なんて凶悪な顔をしてんの」

「これは悪じゃない。害虫を……排除するだけだ」

「あっぶな……ちなみに審査って？　どんな人がコウちゃんのお眼鏡にかなうの？」

「まず、誠実で成績優秀で丈夫な肉体を持ち……明るく友人が多く……」

「ふんふん……まー、半分はいけんじゃない？　もう半分がややきついかも」

気づくと話が逸れていた。今聞きたいのはそれじゃない。

「久留里、話は変わるが、男がよろめきやすいアピールはなんだと思う？」

「えー、そんなの私に聞かれても……何？　コウちゃん男の人狙ってんの？」

「そういうわけではないが……」

「ないならなんでそんなこと」

久留里は怪訝な顔を向けてくる。

俺はそこから顔を逸らすように、ベッドに寄りかかるように背を向けて床に座った。

「グェッ」

背後から首を絞められる。

「く、久留里、殺人はよくない。法律で禁止されている」

「首に巻きついてるだけでーす。コウちゃん、なんかあるなら言いなよ。モテる私が相談に乗るよ」

俺は諦めて息を吐いた。

「実はな……最近、渡瀬から恋愛相談を受けたんだ」

「えっ、そうなんだ……相手はコウちゃんじゃないの？」

「そ、そんなわけないだろう！　だったら相談なんてせずに告白するだろ！　違う相手だ」

「ええー！　私も応援したい！　相手は誰なの？」

「それは教えてもらえていないんだ」

「……なんで？　言わなきゃ協力もできないじゃん」

「理由はわからないが……恥ずかしいんじゃないか？」

久留里の表情がぴくりと変わった。

「やっぱ応援しない」

久留里が突然ぶすくれた。

「何かアドバイスはないのか？」

「……これはガチなアドバイスなんだけど、顔にヒゲ描いて腹踊りすれば大抵の男は落ちるよ」

「平然と嘘を言うな」

「……ふん。寝る」

「自分の部屋で寝ろ！」

「コウちゃんの馬鹿！　ストレスマックスまで上がったわ！」

「ささいなことでストレス値を上げずに早く寝ろ！」

＊　　＊

翌日。

俺と渡瀬は放課後の廊下で向かい合って話していた。渡瀬から相談を受けてから二週間ほどが経過していた。

「その……例の件の調子はどうだ？」

「……なかなか難しさを感じてるわ」

渡瀬がため息交じりに言う。

「ちなみにだけど……入鹿くんは、私の好きな相手……少しくらい気づいてる？」

「……まったく気づいていない。あ、安心してくれ。人のプライバシーに踏み込むことはしない。応援してるぞ」

渡瀬は腕組みをして考え込む。

「うーん……やっぱり、保身を考えていては何も伝わらないということがわかったわ」

「そうなのか」

「やっぱり、私の好きな人を言うわ」

「おお、そうだな。それがいい」

確かに、聞いたほうが絶対協力しやすい。俺の無駄な迷いも消え去る。

「わ、私の好きな人はね……！」

個人情報を発する声をひそめるべき瞬間だというのに、渡瀬の音量が一段階上がったので身構える。

「渡瀬、声をもう少し落としたほうがいいんじゃないのか？　どこで誰が聞いているかわからないぞ」

「いいの！　聞いてほしい！　わ、私の好きな人は――――」

「だ、駄目ーーーーーーーー！」

叫び声と共に、近くの廊下の角から久留里が飛び出してきた。

「渡瀬先輩、待った待った待った！」

「久留里、どこから出た！」

「廊下しかないでしょ！」

「それはそうだが……」

「出たわね！　ブラコン妹……久留里！」

渡瀬は突然現れた久留里に怯(ひる)むことなく、俺の前にスッと出た。俺は悪漢から守られてるような構図になった。

「……こうなることも少し予想していたけれど……私が入鹿くんに恋愛相談をするということを、久留里ちゃんにどうこう言われる筋合いはないわ」

「わ、私のお兄ちゃんなんだから、色々どうこう言ってもいいじゃん！」

「……そう、久留里ちゃんは入鹿くんの妹でしょう？　個人の意思による交友関係を家族がどうこう言う権利はないわ」

渡瀬がぴしゃりと言う。

「百歩譲ってクラスメイトで、入鹿くんを好きな女子ならまだしも……あなたは妹でしょう？」

久留里は、んぐっと息を呑んだあと、小さく震え出した。ゲームに出てくる爆発寸前の顔がついた爆弾のような動きをしている。何かマズい予感がする。

「く、久留里……？」

俺が渡瀬の前に出ようと一歩踏み出したとき、久留里がパッと顔を上げて大声で言い放つ。

「血はつながってない！」

「は？」

「え?」

「私とコウちゃんは……血がつながっていないの――――――っ!」

俺と渡瀬が唖然とする中、頭に血が上った久留里はそのままどこかへと走っていった。

「入鹿くん……今のって……」

「え? ああ……え?」

「本当?」

「え? あ、え?」

校内に設置されているスピーカーがくぐもった音を立てたあと、校内放送の音楽が鳴り響いた。

『一年二組の入鹿久留里です! 皆様に、お知らせします!』

マイクを使っているのだからそこまで声を張らなくてもいいはずなのに、どでかい声だ。

何を言う気だろうと身構えているところに、声は響いた。

『入鹿久留里と入鹿光雪は血がつながってません!』

俺は目を見開いて口を大きく開けた。

目の前を見ると渡瀬も似たような顔をしている。

『繰り返します。入鹿光雪と入鹿久留里は血がつながってませんでした！　血がつながってませーん！』

その校内放送はそこでブツッと途切れた。

俺は、しばらく口を開けたまま思考停止していた。廊下の窓が少しだけ開いていて、そこから風が入ってくる。ああ、今日は雲が少ないから、遠くの山が、やけにくっきり見える。そんなことを思っていた。

「二人とも昔から知ってて、隠してたの？」

渡瀬の声に我に返る。

「いや……わりと最近知ったんだ」

「え、そうなの？　いつ？」

「俺は四月に……久留里は夏休み前くらいだな……」

「そう……つい最近なのね」

少しほっとしたような顔で渡瀬がこぼす。

話していると久留里が息を切らせながら走って戻ってきた。満面の笑みで言う。

「コウちゃん！　私の全校放送聞いてた？　ちゃんと聞こえた？」

「聞こえないわけがあるか！」

「それでね、私、コウちゃんが好きだから！　大好きだから！」

は…………？

一瞬混乱したが脳が正しく意図を導き出した。

「ああ、俺も、もちろん好…………へビュっ！」

久留里が脱いだ上履きで俺の頭をスパーンと叩いた。

「ちがーーーーーう！」

「何がだ！」

「そういう好きじゃなくて！　異性の……！　恋愛のやつ！　恋だって！　だから渡瀬先輩に好き放題はさせない！」

「なっ……」

「何言っているのよ！　ついこの間まで実の兄妹と思って生きてたんでしょ！」

俺が思ったことを俺より早く渡瀬が言った。その通りだ。事実を知って二ヶ月かそこらで恋愛云々を言い張るには無理がありすぎる。

唖然としている俺と渡瀬の前で久留里はうーんと猫のように伸びをした。

「あーーー！　スッキリしたぁ！」

「入鹿！　入鹿久留里！　どこだ～！」

廊下の奥から先ほどの全校放送を聞いた教師がドタドタ走りながらやってきた。

久留里は「やばっ！」とこぼすと、忍者のような速さであっという間に消えた。

「恋愛感情って……もしかして……久留里ちゃん昔からそういう感じだったの？」

「いや、それはない」

それは断言できる。子どものころから一緒に育ってきているのだ。久留里が長年俺を兄として慕ってくれていたことは間違いがない。それくらいはわかる。

「なんだ。じゃあ、さすがにありえないわね……私が入鹿くんと仲良くしようとするのが、よほど嫌だったのね」

少し混乱していたが、渡瀬がいつも通り客観的で冷静だったので、俺も落ち着きを取り戻すことができた。

「渡瀬……すまない。相談の途中だったな」

「そのことだけど……しばらくはいいわ」

「えっ」

「こう……勢いが削がれたら少し冷静になって……よく考えたらこれから文化祭も修学旅行もあってバタバタするし……落ち着いてからまた相談させてもらえたら嬉しいわ」

「そうか」

「でも、入鹿くんがアドバイスしてくれたことは全部すごく参考になったわ。ありがとう」

中途半端な感じは否めないが、渡瀬が相談を一旦打ち切るというのならばもう俺にできることはない。いくぶんか荷が重いと感じていたので、ほっとしたところもあった。

「渡瀬は、真面目で、誠実で、常識的で、素晴らしい奴だと思う。頑張ってくれ」

「……入鹿くんのほうが、そうじゃない？」

「俺は……」

言い淀んだ俺に、渡瀬が覗き込むようにして続ける。

「前から思っていたけど……入鹿くんて、やるべきことをきちんとやっている模範的な優等生なのに、すべて当たり前のことをやってるみたいで……ぜんぜんそれを鼻にかけたりもしないし、それによる自信もなさげよね」

渡瀬の言葉にドキッとした。

「そうだな……俺はずっと……模範的な優等生のふりをしているだけだからな……」

思わず呟いてしまったが、言った直後に言わなくてもいいことを言った気がした。きっと、久留里のことでまだ混乱していたのだろう。

渡瀬は少し考えてから口を開いた。

「たとえば十年間……」

「え？」

「十年、二十年といい人のふりをしている人がいたとするじゃない？　その人はそれでもいい人とは違うの？」

「……違うんじゃないだろうか」

「私はそうは思わないわ。ふりだろうが、本心だろうが……人は外に出してる部分がすべてよ」

「………………」

「逆で考えてみたらわかりやすくない？　悪人のふりをして悪いことをするいい人は、いい人ではないでしょう」

「それは悪人のふりをしてる時点でマトモじゃないからな」

「じゃあ、模範的な優等生のふりをしてる時点で入鹿くんもマトモ」

「本当にマトモな人はふりではなく……」

「もう……！」

渡瀬が突然俺の額をぺしっとデコピンしてきた。

顔を上げると渡瀬は小さく呆れた息を吐いて笑った。

「もっと自信持ちなさいよ。あなたは十分、常識的で、真面目で……素敵な人だと、私は思うわ」

「……ありがとう」

凛とした佇まいの渡瀬は、時々頼りなげだけれど、やっぱりしっかりとした芯がある。

俺は……もし姉がいたらこんな感じだろうかと、考えていた。

＊渡瀬詩織の恋心

入鹿くんに初めて会ったのは中学一年生のときだった。

私はそのころ教室の隅で一人で本を読んでいるような、大人しい子だった。いつも下を向いていて、人と満足に挨拶さえできなかった。

彼は、そのころから今とまったく変わらず、皆に平等で、公平で、私には無縁の存在だった。

ある日、私はシャーペンを学校に持っていくのを忘れた。あとから自分の家で見つかったので、本当に忘れただけだったのに、私はクラスの誰かが隠したんじゃないかと考えて、青くなっていた。

そのころの私はいじめられてもいないのに、被害妄想ばかりが強かった。周りの顔色ばかりを気にするくせに、自分から他人に好かれようと働きかけることはしない、そんな子だったのだ。

入鹿くんは私の前の席だった。小テストのプリントをまわしてくれたときに、私がシャーペンを持っていないことに気づいた。彼はシャーペンではなく鉛筆を好んで使っているようだったがそれも一本しかなく、予備はロッカーにしまってあるようだった。

入鹿くんはすぐにその場で自分の鉛筆を半分にへし折り、鉛筆削りで先を削って渡してくれた。

消しゴムを半分にして分けてくれるというのはなんとなく聞かなくもないが、鉛筆は予想外で、とてもワイルドだった。

あのときの「フンッ」という掛け声と、鉛筆のぱきんと折れる音は忘れない。

彼は私を私と認知してくれていたわけではないけれど、それからもクラスメイトの一員として、いつも気にかけてくれた。

気がつくと、彼は私の憧れの人になっていた。

そして、それが恋に変わると、学校に行くのが楽しくなった。

けれど、私がその中学で過ごしたのは一学期だけで、親の離婚で引っ越した。

引っ越してからも、辛(つら)いことがあると、いつも入鹿くんを思い出した。

転校した中学で友達ができなかったとき、いつも堂々としていた入鹿くんを思い出して胸を張ることにした。

人に何かを言われたとき、以前なら俯(うつむ)いてしまうだけだったけれど、彼を思い出して、その姿をなぞるかのように、顔を上げた。

彼のように勉強を頑張って、成績を上げた。

彼のようにゴミが落ちていれば拾い、責任職を引き受けるようになった。

そうすると、まるで彼に近づけたような気持ちになった。

変わろうと思って何かを頑張ろうとするとき、私の頭にはいつも、いつか聞いた入鹿くんが鉛筆をへし折る、ぱきんという音が響いていた。

彼と再会したのは高校生になったときだった。

入鹿くんは中学の一学期だけ同じクラスで過ごした私のことはまるで覚えていないようだった。

彼と会っていないその間に、私はだいぶ逞(たくま)しくなっていたし、名字も変わった。

気づかれていないのはいいことだ。あんな私は忘れてほしい。新しい私を見てほしい。

入鹿くんは引っ込み思案で何もできなかった私の人生を変えてくれた。

そんなに簡単に、諦め切れるはずがない。

入鹿くん。

私はずっと、あなたのようになりたかった。

第五章　家族と他人と滑り台

校内放送の翌朝、久留里はダンス部の朝練があるとかで、俺が見ていない隙にさっさと登校していた。

昨日の校内放送は放課後だったため、久留里の全校放送を聞いていない人間も多かったが、残っていた人間からどんどん広まっているようだった。

血がつながっていない。そんなのはままあることだ。しかし、久留里がそれをわざわざ全校に向けて放送したことで、また、普段の超人的ブラコン行動も相まって憶測が憶測を呼び、よくわからないストーリーがつけられて拡散されていた。

久留里は生徒指導室に呼ばれ、こんこんとお説教をされたらしい。しかし、本人はあくびまじりにそれを聞いてケロリとしていた。

教室はいつも通りざわついていた。その中で、時折俺のほうを見てヒソヒソとされている気がする。気のせいか入鹿兄妹がどうとか、校内放送だとか、会話の切れ端が聞こえてくる。

しかしながら、俺は思う。

人は皆、自分のことで手一杯で、自分のことばかり考えている。昨日の久留里の行動や俺たち兄妹の関係のことなど、ちょっと耳に入れてもの珍しく思ったとしても、深層ではまったく関心がないはずだ。そんなものに皆が騒ぐと思うなど、自意識過剰なのだ。だから今、俺の感じている野次馬な視線は全部気のせいだ……そのはずなのだ。

「会長」

俺はあえて考えない。考えないことにより、時が行き過ぎ、何事もなかったことになるのを静かに待てばいい。

「会長、会長」

「ん？　七尾か」

「どっかでお昼食べません？　めちゃくちゃヒソヒソされてるんで」

「……ありがとう」

気のせいではなかったらしい。他人から客観的に見て言われるのは相当だ。

俺は弁当を持って七尾と共に空き教室に入った。弁当を広げる。

「文化祭用に……新しい曲を作りたいんですよねえ」

「そうか……自分で曲が作れるというのは、すごいな」

「いや、そんなのできる奴はたくさんいますし……僕は会長のように責任職にためらいなくついて品行方正に真面目に過ごすほうがすごいと思いますけど」

「それとこれは別種だろう」

「別種といえば別種ですが、能力や適性という面では同じようなものです」

俺は弁当のミートボールを口に入れてゆっくりと咀嚼（そしゃく）して飲み込んだ。

「七尾は……聞いたか？」

「昨日の放課後の妹さんの校内放送ですか？　部活で残ってて、ちょうど廊下にいたんで聞いてますよ」

知っていたのに今までまったく触れなかったのか。七尾のマイペースさにはいつも救われる。しかし、俺はそんな七尾にこそは話したいと思った。

「あれは……本当のことだ」

七尾は手に持っていた焼きそばパンを齧（かじ）り、咀嚼して飲み込んでからまた口を開いた。

「どういう家系図なんですか？　妹さんだけが養子とか？」

「いや、物心つく前に、連れ子同士で再婚したらしいというのを……俺はこの春に聞かされた」

「ああ、再婚時に小さかったからまったく覚えてなかったわけですね……それはなんというか……ご両親も言うタイミングが難しいですね」

「そういうことだ」

「妹さんは、前から知っていたんでしょうか」

「いや、最近知った。俺よりあとだ」

「……そうなんですね」

話は終わった。これ以上広がりようがない。そうだ。ここで終わるのが正しい。俺と久留里の血がつながってなかったからといって、だからなんだというんだ。

一見もの静かな七尾は、あまりにマイペースで、ときに人と違う動きをする。今だって、普通の人のする反応とは違う。けれど、それは少しだけ異常なのに、とてもマトモに感じられるのだ。

「七尾」

「なんですか」

「ありがとう。お前の存在には、たびたび救われている」

「……そんなこと言うの、会長くらいですよ」

「そうなのか？」

七尾はため息を吐いて言う。

「そうですよ。僕なんて……だいたいいつも、友達がいない人間が一人にならないためだけに仲良くしようとする以外の需要がほぼない、無害なだけで暗くて大人しい、存在感が極限まで薄い奴ですから」

「いや、文化祭で個性的な曲を発表するお前は十分輝きがある。それに、考え方も大人だし……とても魅力的な人間だ。自信を持て」

「……ありがとうございます」

「それにしても……久留里はなんで、あんなことを全校に向けて言い放ったんだろう」

家族だけの秘密を久留里が全校に向けて発したことに、俺は少なからずショックを受けていた。

「……え？　そりゃあ……」

「七尾にはわかるのか？」

「…………やめておきます」

「なんでだ？」

「外野がああだこうだ、憶測でものを言うのを僕は好みません。僕が想像に過ぎないことを言うより、本人に直接聞いたほうが間違いがないはずです」

時々、七尾の潔さには感心させられる。

七尾の言う通りだ。想像なんてしたところで、人の気持ちはわからない。はっきり言葉にして言ったことと、言われたことがすべてだ。

もちろん現実には心にもないことを言ってしまったり、言葉の裏に隠れた本心があることも多々あり、というかむしろそんなことのほうが多かったりするので、そこが難しいところなのだが、久留里に限っては裏を読む必要はまるでない。

久留里が何を考えているのかなんて、長年家族でいるのだからだいたい想像はつくが、七尾の言う通り、本人ともう少しきっちり話をするべきだろう。

＊　＊

「コウちゃーん！　一緒に帰ろう」

「部活はないのか？」

「今日は雨だから体育館を野球部に取られちゃったんだってさ」

一緒に昇降口に向かうと、通りすがりにヒソヒソされているのを感じる。

久留里を見たがケロリとした顔で何も気にしているように見えない。

「見ろ。お前のせいでだいぶヒソヒソされている」

「え？　コウちゃんそのせいでなんか嫌なことあった？」

「いや……そこは心配するな。お前こそ、クラスメイトとの関係とか……大丈夫か？」

「えー、私くらい可愛いと、べつに何もしてなくても普段から注目されてるし、だいたい、世間の注目が嫌なら金髪になんてしないもん」

「なんと豪胆な……」

「私はみんなに知ってほしいから言ったんだよ」

「そこだ。それについて話がある」

「うんいいよ～」

下駄箱で靴に履き替えた。外の雨脚は強くなっているようだった。

「久留里……傘は？」

「ないに決まってるじゃん。だから来たんだって」

久留里はへらりと笑う。

「……まぁいいか」

俺と久留里はひとつの傘の下に並んで校門を出た。

「それで、なんであんなことをしたんだ？」

「コウちゃんが好きだから！　でも渡瀬先輩は、〝妹〟が何言っても聞いてくれなそうだったし」

「じゃあやっぱり渡瀬に張り合うために……そんなことのために全校放送をして……あんなことを言ったのか？」

「そんなことじゃないよ。だって私は……！」

「久留里、生きている以上俺は家族以外とも話すし、時には女子と友達になることだってある。それは家族の秘密を気軽に世間に暴露してまで妨害することじゃないだろう」

「するでしょ！　私はコウちゃんが好きなんだし」

「いくら家族が好きだからといって……普通はしないということはわかるか？」

「え……う、うん？」

「俺だって家族は大事だ。そこについて行きすぎた部分は持っている。だが、身内の身勝手な独占欲で友人関係まで阻害しだしたらそれは……逆に家族を不幸にする」

「えーと……私がコウちゃんを、恋愛で好きって言ったの、聞いてたよね？」

「ああ聞いた。久留里、最近ずっとストレスが溜まっていたと言っていたな。お前は昔からストレスがあると俺に我儘を言い、それを俺が聞くことで緩和させていたな」

幼いころからそうだった。久留里はいつも常識的であろうとする俺に、無茶な我儘を言ってそこからはみ出させる。少し前の〝ラブホテルに入りたい〟だとか〝一緒に風呂に入りたい〟だとかもみんなそうだ。そうやって、常識はずれの我儘を受容してもらったこと

「何かあったなら俺はできる限り聞く。ただ、恋愛感情だとかそんな嘘まで吐いて、他人を巻き込むようなことはしてほしくない」

「う、嘘ぉ!? 嘘じゃないよ！ 私はコウちゃんが好きで……」

「それは知っている。だからあんなことまで言って渡瀬と引き離そうとしたんだろ」

「それはそうなんだけど……」

「つい最近知ったばかりの家族の血縁の秘密まで利用して……さすがに、やり過ぎだ」

「利用って……今回のはそういういつもの我儘とは違うんだって！ 本当にコウちゃんのこと好きだから……」

「だからそれは聞いた」

「いや絶対聞こえてないよね？ 心にいちミリも届いてないよね!?」

「……話にならん！」

「こっちの台詞だ！」

久留里はむくれてしまい、俺の傘を早足で出ていった。

「待て！ 濡れるぞ！」

「へん！ それがどうした！」

「駄目だ！　風邪をひいたらどうするんだ！」

「コウちゃんは私が風邪ひこうがどうでもいいくせに！」

そう言って久留里が足を速めたので慌てて追いかける。

「どうでもいいわけないだろう！　健康第一だ！」

「コウちゃんの傘なんて入らない！」

「待て！　ぬおおおおおおおお！」

俺は猛烈にスピードを上げた。バシャバシャバシャ、足元で水が跳ね、しぶきが上がる。

「うわ、先に帰るってば！　は、速い！　ていうか顔が怖い！」

「逃げるな久留里ィ！　ちゃんと傘に……」

「ひいいぃ！　たすけてえぇ！」

バシャバシャバシャバシャ。雨音の中に二人分の足音が響く。

「傘に入れえええぇぇ‼」

俺と久留里はそのまま猛烈なダッシュを決めて帰宅した。

玄関を開けるとたまたまそこに母がいて出迎えてくれた。びしょ濡れで息を切らしている俺たちを見てぽかんと口を開ける。

「おかえり〜。あれ？　コウくん傘持ってるのに、どうして二人ともびしょ濡れなの？」

「久留里が傘から逃げたんだ……」

「あらあら、ちょっと待って。タオル持ってくるから、そのまま中入らないでね」

母がパタパタと廊下の奥へ引っ込んだ。

「……コウちゃんが悪い！　私の話ぜんぜん聞こうとしないから！」

「聞いただろ」

「理解しようとしてないから認知が歪んでるんだよ！　自分の中に結論があって、全部そこにもってっちゃうから話になんないの！」

母が持ってきてくれたタオルで濡れた頭や制服を拭う。久留里はふんと鼻を鳴らして部屋へ引き上げていった。

「なんかくんちゃんえらいご立腹だね……」

母はそう言うが、俺だって腹を立てていた。

俺は久留里と違って人並みに羞恥心も道徳心もあるというのに、久留里はストレス解消のための我儘でいつもそれを壊そうとする。それでも、久留里が満足するならばと、無茶な要求にもできる限り応えてきた。けれど、その我儘のために両親が隠していた家族の秘密を気軽に暴露して利用するなんて行き過ぎだ。

納得いかない気持ちでベッドに寝転がっていると、久留里がバンと扉を開けた。

「コウちゃん！」

「うわっ！　ノックくらいしろ！」

「コウちゃんがノックが必要なことをしているときは、鍵がかかっています！」

「それはその通りだが……いや、びっくりするから急に開けるな！」

久留里は「わかった」と言って頷く。少しばかりムスッとはしていたが、帰りに見た興奮は収まっているようだった。

「……謝りにきたのか？」

「謝らないよ！　馬鹿コウちゃんの歪んだ認知、頑固な石頭を砕いてやる宣言をしにきたんだよ！」

「家族観がおかしくて歪んでいるのはどう考えてもお前のほうだろう。非常識だ」

「コウちゃんの常識は固くて融通がきかなすぎ！　そんなの非常識と変わらないよ！　だいたいコウちゃんなんて、いつも常識人ぶってるだけじゃん！」

「ぐっ！　人が気にしてることを……久留里！　言っていいことと悪いことがあるぞ！」

「家族に建前とか嘘なんて必要ないし！」

「親しき仲にも礼儀ありだ！　家族だからといって独立した人間扱いしない気か！」

「それはこっちの台詞だっつーの！　この石頭！　私はコウちゃんが好きだし結婚するん

だってば！　ゴミ兄貴！」

「悪口と愛情表現をいっぺんに言うな！　どっちかにしろ！」

「コウちゃんが好きなんだってば！」

「だからそれは知っている!!」

久留里は怒りにブルブルと震え「くそう、今に見てろ」と言って扉をパタンと閉めた。

そうかと思うと再度細く開け、隙間から低い声で「すぐ……思い知らせてやるからな……」と吹き込んでくる。完全に悪者の台詞だ。

一体なんなんだ。謝るどころか反省のそぶりすら見えない。追加で喧嘩まで売ってきた。

俺は釈然としないものの、どこかで久留里は折れるだろうと思っていた。

久留里はなんだかんだ自分が悪いときはどこかで認めて素直に謝ってくるのだ。

今回の久留里の悪行は渡瀬と張り合うためだけに家族の秘密を全校放送で暴露。血のつながりがないのだから恋愛だとまで言い張って渡瀬との友人関係を阻害しようとした。

しかし、いくらなんでもそれは我儘に使っていいネタじゃない。右から見ても左から見ても久留里が悪いだろう。俺はそれに対して常識に沿った説教をしただけだ。俺に落ち度はないはずだ。

しかしいつものように説教をしたというのに、まったく手ごたえがない。何度言っても譲ろうとしない。それどころか向こうは向こうでなぜか怒りを深めている。お互い思っているることは言っているのに話が通じていないような、妙なかみ合わなさを感じていた。

＊　＊

夕食後、四葉(よつば)は眠くなったといって早めにベッドに入った。両親は二人でソファに座り、サブスクでお笑い動画を観(み)ていた。そこに久留里が入ってきて、視界を塞ぐように前に正座した。

「パパ、ママ、ちょっといい？」

いつにないその真剣な顔に、母がリモコンを取り画面を一時停止させる。

俺はダイニングのキッチンカウンターの裏で牛乳を飲んでいて、少し遠くからそれを視界に入れていた。

「どしたの？　くんちゃん、改まって〜」

久留里は三つ指をついた状態から顔を上げ、はっきりとした発音で言った。

「戸籍謄本を見ました」

両親の動きがコチリとフリーズした。

「それでさ、私、コウちゃんのこと異性として好きになったから、結婚することにしたんだ！」

俺は飲んでいた牛乳を勢いよくぶーっと噴出した。

凍り付いたままの両親を置いて、久留里はなぜか凛々(りり)しい顔で俺にサムズアップしてからダイニングを出ていった。バタンとドアの閉まる音がして、俺はしばらくキッチンカウンターに盛大にぶちまけられた牛乳を黙ってゴシゴシ拭いていた。

それから三十秒後くらいに、両親が揃(そろ)ってバッと立ち上がった。

「こ、光雪(こうせつ)くん？　これは一体どういう……！」

「くんちゃん、いつ知ったの⁉」

「結婚ってどういうことなんだ？」

「いや、いっぺんに色々言われても……とりあえず、久留里が思いつきで戸籍謄本を取り、知ってしまったらしい」

「プロポーズは、どっちから？」

「いつからなの？」

「い、いや、それに関しては久留里が言っているだけで……俺は、血がつながってなくとも大事な家族で、妹だと思っている。この間、久留里が俺のクラスメイトの女子と衝突して、そのときから言い出した」

それから、かいつまんで状況を説明すると、両親は顔を見合わせて深く頷いた。

「なるほど」

「状況は把握したわ！」

理解が早くて助かる。

「そうか……じゃあなんとか……」

「できるわけないでしょう。相手はあのくんちゃんよ？」

母にぴしゃりと言い返される。

確かに、周りが言うことなんて聞こうとしないのが久留里だ。

「はぁ……くんちゃん……」

母は呆然とした顔で深い息を吐き、そのまま扉を開けて出ていく。久留里の行動でだいぶショックを受けてしまったようだ。

母の背中を目で追ってから正面に戻す。ソファには父が微動だにせず鎮座していた。こちらは思いのほか落ち着いた顔をしていた。

「父さん、俺は……どうしたらいいと思う？」

「そうだね……。いつの間にか知っていたみたいだけど……久留里ちゃんも、相当ショックだったんじゃないかなぁ」

「それは……そうかもしれない」

父の言葉にはっとする。久留里が知ったことを聞いてから、俺は思ったよりずいぶんと久留里が普通だと意外に思っていた。でも、家族と血がつながっていなかったのがショックでないはずはないのだ。きっと俺が思うよりも、久留里はショックを受けていた。

「久留里ちゃんは光雪くんと、兄妹(きょうだい)じゃ……家族じゃなくなってしまったように感じたのかもしれないね。異性として結婚すれば……血縁とは別の形で家族になれるから……つい、そう言ってしまったんじゃないかな」

父の言葉は俺の考えにしっくりと来た。

「もし、そうならば……安心させてあげればいいんじゃないかな？」

「そうだな……父さん、ありがとう」

俺は今回珍しいくらい久留里に腹を立てていたが、父と話すことでいくぶんか納得して、部屋に戻ってベッドへ寝転がった。大丈夫だ。俺はずっとそうやって、気性の激しい久留里の問題行動を鎮静化させてきたじゃないか。今回はいささか度が過ぎてると思ったが、元々の原因が家族の血縁の秘密にあるのなら、それにも納得ができる。いつものように、しっかり話して落ち着かせればいい。

俺にとって、常識の指針は常に父だった。

だから、困ったときにはいつも父の考えを聞いて判断を仰ぐ。俺は父とは血のつながりがないけれど、だからこそ父に似ていたいと思うし、真面目な局面での父の考えはいつも常識的で、間違いのない選択だと、ずっと信じてきた。

それなのに、なぜだか今回は、胸の奥にモヤモヤとしている違和感があった。

血がつながってなかったから結婚するだなんて、そういう発言は気軽に言っていいものではないと俺は思う。血はつながってなくとも、俺たちは兄妹だ。両親だって、ずっとそのつもりで育ててきた。

そんな発言は俺に言うだけならばまだいい。渡瀬(わたらせ)を巻き込んだこともいただけないが、そもそも渡瀬への反発で出てきた言葉なのだからそれも許容はできないが理解はできる。

けれど、そういう発言が、たとえ冗談でも親を傷つける可能性があると、久留里は気づかなかったのだろうか。

久留里は破天荒だし、向こう見ずなところがある。

それでも、たびたび言ってくる俺への我儘(わがまま)だって、やや行き過ぎていることはあっても、誰かを害したり、人としての一線を越えるようなことは要求してこなかったし、最終的に俺の意思を無視することだってなかった。

それに、家族に対しては俺と同じように大切にしてくれていると思っていた。

一般常識で測りづらくとも久留里には久留里なりの正義や倫理があって、いくらショックを受けたとしても……いや、それならばなおさら、無神経に家族を傷つけるようなことはしないはずだ。そんな気持ちがあって、それが俺をモヤモヤとさせていた。

俺はいつも正しさを求めているし、マトモでありたいと願っている。だから俺は常に倫理や規範に沿って常識的な答えを出す。

そんな俺が対応できないような問いを投げかけてくるのは、いつも久留里だった。

＊　　＊

そうこうしているうちに文化祭と修学旅行の準備関係の雑事が異様に増えてきて、俺は次第に忙しさにのまれていった。

久留里のほうもダンス部の練習があり、俺が遅くに帰ると疲れて寝ている。ちゃんと話をする時間があまりとれなかった。朝もどちらかが慌ただしく出て、時間が合わない。

もちろんいくら忙しくとも家族なので家の中で顔を合わせることはあるが、四葉がいる場所では話はできない。

たまに顔を合わせた廊下などで急いでする久留里との会話は一向に噛み合わなかった。久留里は何を言っても「コウちゃんが好きだからだってば」などと同じことを供述するばかりで、話にならなかった。

ブラコンでやったなんていうのは何度も言わずともわかりきったことで、今更聞いたところで新しい発見はない。それでも、それについて何かをはぐらかしているのとも違う。久留里は久留里できちんと伝えきれていない感情をもてあましていて、言葉を探している。それは感じているので短い時間で何度か話をしていたが、やはり、平行線のままだった。

俺はその日の放課後に文化祭のポスターを持って廊下にいた。一度貼ったものにとんでもない誤植があったので修正してもらい、急いで貼り替えていた。文化祭準備と並行して修学旅行の準備もあり、俺のクラスはたまたま部活や委員会との兼任が多く、いろんなめぐり合わせで今年は圧倒的に人手が足りていなかった。

「あ、会長。お疲れ様です」

振り向くとジャージ姿の七尾美波がいた。

「これから部活なんです」

「そうか、頑張れ。久留里は一緒じゃないのか?」

「あ、はい。久留里さんはですね……職員室に呼ばれてるから、あとから行くって……それはそうと……会長、久留里さんと喧嘩しましたよね？」

「少しな……何か聞いてるか？」

「いえ……でも、見るからに荒れてます」

「そうか……」

「はい。ちょっと前はストレスがすごいって言ってお昼にものすごい量を食べてたんですけど……最近はそれともまたちょっと違ってて……特に変な行動はしてないのに目つきとか、表情とかが……なんかどことなくおかしくて……たとえて言うなら……」

美波はそこまで言って言葉に詰まり、天井を見上げて少し言葉を探してから言う。

「……指令を受けたスナイパーみたいな顔してますね」

「スナイパー」

「はい。あれは……三人くらいは始末して、血に汚れた自らの手のひらから目を逸らすかのように、次の使命へと向かっていく、スナイパーの顔です」

いつもの我儘の延長だとばかり思っていたが、やはり、何かおかしい。そもそも喧嘩することと自体少ないのだが、それでも数少ない喧嘩、ほかの理由で少し荒れても、久留里がスナイパーになったことは一度もない。あれは何かを思い詰めている。それは俺も感じていた。

「原因は会長ですよね。なんとかしてあげてほしいです」

なんとかしたいとは思っているが、話がまったく通じないのだ。

「いや……ちょっと今軽く見失ってるんだが……久留里は、美波さんから見て、どんな奴だ？」

「え？　会長……兄ですよね？」

「身内からだと近すぎて逆にわからないところがあるかと思って、美波さんだって、七尾のことをそこまでよくわからないだろ」

「あ、はい！　興味ないのでまったくわかりません！　なるほどそういうことでしたら！」

「うん、友人目線の客観的なやつをざっくりと頼む」

「えーと、久留里さんはですね、学校内のヒエラルキーだとか、見た目だとかで人を判断しなくて、すっごく分け隔てがないんです！　というか、まるで気にしていないように見えて……最初は単純に人間できててすごいなぁって思ってたんですけど……」

この辺は一致した見解だ。

「でも、仲良くなるうちに……それはちょっと違うかもしれないと思いました」

「ん？」

「単に久留里さんにとって、会長……お兄さん以外の人間はみんな一緒くたなんですね。だからそう見えるんです！」

「うーん……それは……」

「あ、でも……最近は私のことも、結構気に入ってくれてる気がするんですよ」

「それは、そうだな……久留里はいつも浅く広くだから、美波さんくらいに仲良くなるのは珍しい」

「そ、そうですよね！　やったやった……会長のお墨付き……」

美波は頰をほんのり紅潮させながら興奮気味に言う。

「久留里さん、大概のことに対して適当でだらしないんですよ。誘われても、行けたら行くよ、みたいな。でも私にはそういう返事しないんです！　行くときは行く、ダメなときは理由を言ってくれるし……私はそういうときに……愛を感じます」

美波はしゃべりながら感動して拳を握り、プルプルと震えた。

やはり、久留里は自分が大事だと思う存在に対しての誠実さは持ち合わせている。行き過ぎていると感じても、何かそこに理由はあるはずなのだ。ああなった原因を探らなくてはならない。

話はしているし、答えは目の前にあるかのようなのに、それがさっぱりわからない。わからないことに苛立ちを感じていた。

＊　　＊

学校行事の雑多な用事による多忙さは日々、苛烈さを増していく。

「それは先日担当を割り振った通りで、あと焼きそばの手配は……」

「入鹿くん、これは修学旅行のほうの話よ」

「ああ、すまない。点呼のシステムをもう少し見直して……」

「あ、会長、いたいた。これ、さっき言ってたやつです」

渡瀬との話の途中でクラスメイトが買い出しリストを持ってくる。俺はそれを受け取って「今日中に行く」と返事した。

「入鹿くん……ちょっと細かい雑用まで引き受けすぎじゃない？」

「人が足りてない。誰でもできる雑用なら俺が引き受けてしまったほうが早い」

「ほかの仕事がいっぱいあるあなたが引き受けることないでしょ……あ、久留里ちゃん」

「ん？　何か問題か？」

渡瀬の声にバッとそちらを見ると、ジャージ姿の久留里が衣装と思われる布の塊を抱えて廊下を爆走していた。ダンス部の発表があるとかで、あちらも忙しそうだ。

「元気そうね……」

話しているとまたそこに、先ほどとは別のクラスメイトが来た。

「会長、岡山(おかやま)先生が探してましたよー」

「ああ、すぐ行く」

俺はそれから職員室に行き、学校を出て買い出しに行き、また教室と職員室を往復した。それから生徒会室に顔を出し、進捗を聞いて教師に伝えたあと、また教室に向かっていた。ひとつひとつはすぐ終わる細かいことが多いので移動ばかりしている気がする。

俺は小走りでサッサカ歩いていたが、ふと、廊下の途中で立ち止まった。

俺は自分で思っているより疲れていたのだろう。

気がつくと天井を見上げて、そこに付着した汚れを一心不乱に見つめていた。

俺には、何かやるべきことがあったはずなのに。忙しさで感覚がぼんやりしている。

「コウちゃん！」

背後に生温かい感触があり、久留里がいつの間にか巻きついていた。

「……なんだ」

「あれ？　お疲れですか？　いつもみたいに離れろって叫ばないの？」

「……離れろ」

「……嫌です。充電中」

　じゃあ最初から聞くな……。

　久留里があんな校内放送をしてしまったから、余計に人目に付きたくないのだが、疲れていて引きはがすのも面倒に感じられる。

「コウちゃん」

「なんだ？」

「まだ怒ってる？」

　少し殊勝な声でそう言われた途端、俺は怒っていたのか、よくわからなくなった。

「……そうでもない」

「え？　そうなの？」

　久留里が意外そうな声で言う。俺が怒っているのかは、俺にも最早わからなくなってきている。ただ、釈然としなかった。

「じゃあ、私の気持ち伝わった？」

「何度も聞いたが、今回のは度を越しているし理解できていない」

「うへえ、コウちゃんて本当わからずや……」

「その件は休みの日にでもまた話そう……」

「絶対忘れないでよ？」

そう言うと、背中にあった久留里の気配がふっと離れた。

そのまましばらくぼんやりとしていて、振り向いたときにはすでに誰もいなかったので、たった今、久留里とした一連の会話は白昼夢のように感じられた。

＊　　＊

忙しい。

とても忙しい。

ひとつひとつは複雑ではないのに、雑多なそれが複数積み重なって、俺はうつろになりつつあった。最近は遅くまで学校に残ることも多く、遅く帰宅して夕食に間に合わず、一人で食べていたりもした。家族とまったく顔を合わせてないわけではないのに、ちゃんとした会話をする気力と時間がない。

久留里だけでなく、最近の俺は家族全員と疎遠だった。学校や部活や仕事が一時的に忙しくなると、大人でも子どもでも、そういうことはどこの家庭でもままあることなのだと思う。

けれど、そんな日々を過ごすうちに、危機感が湧いてきた。こんな日々に流されてしまうと、やがて、疎遠が当たり前になってしまうかもしれない。そうして、ごく自然に、家族の分離は始まってしまう。そんな予感さえしていた。

俺はそのまま時間が過ぎることを想像して、ぞっとした。

時間の流れというのは、あらがえない、ゆるやかな変化だ。

繰り返しの毎日の中で、何も変わっていないように思えても、やはり日々、目に見えない程度の小さな変化はある。この一秒一秒には何も見えないが、それが一日になり、数週間、数ヶ月と積もることにより何もせずとも世界は確実に変化していく。その変化は目の前で急に形を変えるようなものではないが、気がついたときには原形を留めないほどになっているのだ。

話そう話そうと言って後まわしになっている久留里との食い違いは、そのままにしておくと、噛み合わない状態に慣れてしまうだろう。互いに齟齬をなくすことを諦め、抱え込むのが当たり前になり、そうして、いつしか何かが食い違っていたこと自体を忘れてしまうかもしれない。

時が過ぎれば表面上は元に戻ったようになるかもしれない。けれど、そのときにできた溝は消えずに残ったまま、家族の形は変質してしまう。目に見えない変質、それが積みあがったとき、深い部分で疎遠になっていて、気づいたときにはもう、元の形には戻れない。

我に返ったとき、俺はざわめいている教室にいた。

頭には試作品のお化けの仮装を装着させられていて、頭上では手芸部がその調整をしている。目の前にある紙粘土のオブジェは壊れていて、俺は修繕のためのガムテープ片手にそれを見つめながら、修学旅行の部屋割りで揉めた生徒二人の説得をしていた。その傍らには生徒会が文化祭で出すメニューについての紙を持った渡瀬が相談に来ている。

何もかもが中途半端だった。

俺は。

俺は一体何をやっているんだ。

俺が今すべきことはなんだ。

俺は立ち上がってお化けの頭部を抜き取り、手芸部に渡した。

「入鹿くん？　急にどうしたの？」

「会長、まだ終わってません！」

「会長、あとで職員室寄ってくれって……」

「今日は帰らせてくれ」

俺は言い放って教室を出た。

焦(あせ)った気持ちで校舎を出ると、大粒の雨が降っていた。駅までの道を速足で行く。

久留里と話さなければならない。家族との食い違いをそのままにしては駄目だ。

何をおいても話し、齟齬があるなら言葉を重ねて探らねばならない。

俺は疲れと焦りでわけがわからなくなった状態で、自分にとって一番重要でありながら一番後まわしにされ、また、一番時間のかかりそうな案件に手を伸ばそうとしていた。

「ただいま！　久留里はどこだ！」

帰宅して玄関を開けると仕事部屋から出てきた母と遭遇する。

「あらおかえり。コウくん、珍しく早いね」

ダイニングに入るとお茶を用意してくれた。

「久留里は……？」

「最近ダンス部の練習が大変とかで、まだ学校だよ」

「そ、そうか……」

まだ学校にいたとは……。最近は確実に久留里より遅かったから、久留里の帰宅時間を把握していなかった。ひとまず出してもらったお茶を一気飲みすると、母が遠慮がちに声をかけてきた。

「あ、あの話、どうなった？　くんちゃんの……」

「……なんとかするよ」

そうだ。いつものように、なんとかしなくてはならない。俺はそのために帰ってきた。

顔を上げて見た母の顔は、えらくびっくりしていた。

「コウくん？　なんとかって……？　なんとかできるものなの？」

「してみせる。久留里はよく我儘(わがまま)を言って、俺の気を惹(ひ)こうとする。そういうのはよくあることだろう？　父さんとも話したけど、久留里もきっと、相当ショックを受けているから、なんとか、きちんと話を聞いて安心させれば……」

「……え、じゃあコウくんはくんちゃんの言ったこと、まったく本気とは思ってないの？」

「何がだ？」

「くんちゃん、恋愛の好きって言ってたでしょ」

「え？　逆に……母さんはそこを真面目に取ったのか？　あれは血がつながっていないなら、結婚してまた〝家族になる〟という宣言だろう」

「え……」

「……本当についこの間まで実の兄妹として育っていたのに、血がつながってなかったから急に恋愛感情で好きになったなんて話を信じるほうに無理がないか？」

おまけに状況が状況だ。あれは最初に、渡瀬の売り言葉を買うように言われたものだった。俺は久留里の性格も行動も熟知している。そこはありえない。常識的な人間である父はもちろん、渡瀬だってそう思ったようだった。

俺はいつも一般的な常識に沿ってものを考える。間違っていないはずだ。

けれど、母の言葉は俺の思考を後押しはしてくれなかった。

「……私は、いくらくんちゃんでも、冗談であんなこと言わないと思うわ」

「え……」

「だからなんとかできるものなのって言ったの。私はね、いくら親でも人の感情をどうにかしようなんて、思っちゃいけないと思うのよ」

顔を上げて見た母の顔は思いのほか真面目だった。

「ああやって、わざわざ私たちに言いにきたっていうのは、くんちゃんなりの本気だと思ったよ？　いつもふざけてるからってそれを頭ごなしに否定したりするのはよくない。ちゃんと向き合ってあげないと可哀そうだよ」

びっくりした。否定しているつもりはなかった。

「でも、コウくんにはコウくんの気持ちがあるわけだから、私はそれにこうしなさいとも言えない。法律や、倫理や規範の話ではなく、人と人の関わりなわけだから……コウくんがどうしたいか、正直にどう思っているかできちんと考えて、まっすぐ向き合ってあげてほしい」

「……母さんは、困ってないのか？」

「……まぁ、こんなこと言えるのは、二人の血がつながってないからだけどね。もしちゃんと血がつながっていたら、片想(かたおも)いだろうが全力で止める。二人に辛(つら)い道を歩かせたくないから」

母はほんの少し困った顔をしながらそう言った。

母が仕事部屋に戻ったあと、俺はしばらくその場で呆然(ぼうぜん)としていた。

父は俺の思う通りのことを言い、母はそれとは違うことを言った。俺はだんだん何をどう考えればいいのか、よくわからなくなっていた。

ただ、途方もない焦燥感は増していた。

久留里(くるり)だ。

久留里を捕まえて、話さなければならない。

俺は再び家を出た。雨脚は激しさを増している。一秒でも早く、学校にいるならばそっちに行って捕まえる。俺はいつにないスピードで走った。バシャバシャと水溜まりの泥が跳ねて足元を汚していくのも構わずに走る。

ヌルついた葉っぱを踏んで足を滑らせ、正面からどしゃりと転んだ。顔に泥水がかかる。

俺の手からすっとんでいった傘は壊れた。

なんなんだ。

俺はいったい何をやっているんだ。

「うおおおおおおおおおおおおおお！」

俺は壊れた傘を拾い、雄たけびを上げてそのままバス停へと走っていった。

バスに乗り、電車に揺られ、再び学校に着いたときには雨は上がっていた。

そして、校門のところに帰り支度をした七尾美波がいた。

「久留里さんならついさっき帰りましたよ」

「んがッ！」

美波は少し呆れた声で言う。

「顔……泥だらけですけど……水溜まりで何かと対戦でもしたんですか？」

「いや、これは……そうか、帰ったのか……」

「スマホで今どこか確認すればよかったのに……」

その通りだった。スマホは最近業務連絡で埋まりがちだったので見てもいなかった。

そして取り出すと、転んだときに壊れたのか黒い画面にヒビが入り、電源は切れていた。

俺はそのまま踵を返し、再び家への電車に揺られた。

一念発起して話をしようとした途端これだ。学校行事の仕事を今日さぼってしまった分、明日は余計に忙しいというのに……。結局家と学校を往復するだけに時間を費やしてしまった。

途方もない焦りと疲れ、徒労感と無力感が胸を満たしていく。

最寄り駅からのバスを降りると、そこに知った顔が立っていた。

「コウちゃん！」

「くっ……久留里！」

久留里だった。何か数十年ぶりの再会のような嬉しさがある。

「やったー会えたー！　私のこと探してたんでしょ？　ママと美波から聞いて……コウちゃんスマホ切れてるから待ち伏せしてたんだよ！」

久留里は、そのまま勢いよく抱きついてきた。今日ばかりは引き離さずに抱き返した。

「ああ。話がある」

「うん！　私もあるよ。先にいい？」

「ああ、いくらでも聞こう」

「じゃあ、あそこの公園寄って帰ろ」

幼いころからよく来ていた家からほど近い公園に入った。久留里が、昔よく滑っていた滑り台のてっぺんに登って、手招きしてくる。

「コウちゃんもこちらへ」

滑り台を登って隣にしゃがむと、久留里が顔を近づけてきて、にししと笑う。

「狭い」

「昔は一緒に滑れたのに……コウちゃんがデカくなりすぎて……もう絶対無理だね！」

そう言って俺の頭をワシワシと撫(な)でてくる。

ワシワシワシワシワシされて、下がってきた前髪で視界が塞がれる。乱れた前髪を久留里の細い指が持ち上げた。

そうして、視界に現れた久留里の顔は、思った以上に真面目で、どこか泣きそうにも見えるくらいに、必死だった。

「私、コウちゃんのこと、好きなんだ」

「………」

「すっごく、好きなんだ」

「………………」

「私がコウちゃんを好きなのは……それはずっとお兄ちゃんとしてだったんだけど……ちょっと前に、それとも違うかなあって思って……」

「本当に……違うのか？」

久留里は少しの間口を閉じて俺を見た。ほんの少し思考してからまた口を開く。

「お兄ちゃんであることも、ぜんぜん関係なくはないんだよね……むしろ、そういうふうにずっと一緒に過ごした時間があるからこそ好きなんだし……全部ひっくるめた、もっと大きなやつ、なんだよねえ」

「久留里、お前は……俺と血がつながってなかったことで、ショックを受けたんだろう」

「……うん」

「だから、それがなくとも家族として、結びつこうと思って……結婚するなんて言ったんじゃないのか」

「それは、そうかなって思ったこともあったし……それもきっとあるんだと思う」

久留里は俺を見て頷（うなず）いてみせる。

「だとしたら勘違いや、錯覚、みたいなものじゃないのか？」

「でもさーそんなの、私がまっさきに疑ったし、すっごい考えたよ。気のせいかもしれないとか、思春期にありがちなあの、なんだ、それ、そういうの……でも、そうではないとの結論に達しました」

久留里はそう言って、俺の手をぎゅっと握ってくる。

突然だったのでビクッとしてしまった。

久留里の手はとても小さく、白い。そして、その手は今、小さく震えていた。

その顔を見たら、久留里が本気だということが、すとんと落ちてきた。

なぜ、俺は今まで疑っていたのだろう。

久留里はいつも正直だ。

非常識で、自由で、枠にとらわれず、好きなようにしている。

だから俺の知る常識だとか、一般論はすべて通用しない。

血がつながってなかったから急に恋愛感情を持ったなどというのがいくら一般的にありえなくても、そんなのは関係ないのだ。久留里は久留里の感情を指針として、正直に生きている。久留里がそう思ったのだとしたら、どんなにおかしく感じても、そうなのだ。

俺は長く兄妹をしていて理解したような気になっていたが、それは久留里のいつもの習性やパターンを知った気になっていただけで、本質を見失っていた。

俺は自分自身は抑制してそうならないようにしているが、久留里の自由さや非常識さを忌まわしく思ったことは一度もない。

もちろん困った奴だと呆れはするが、それは実際のところ臆病な俺には眩しく、自分の代わりに自由を体現してもらえているかのような小気味よさがいつもあった。

「ママだって、パパだってちょっとショック受けてたでしょ？　そうなるのだって、ちゃんとわかってて言ったんだよ？　いくら私だってパパとママを傷つける可能性があるのに、思いつきのいい加減なことは言わない」

久留里は大きな目を開けて真剣な声で言う。

「コウちゃんは、たくさんたくさん考えて、そうかなって思った私の大事な気持ちを錯覚で片付けようとする……？」

「……それは、そうだな。本当にすまなかった」

そこからしばらく、俺も久留里も黙っていた。

俺は滑り台から空を見た。

「久留里は……お前は俺にとって唯一無二の、特別な存在ではある」

「うん」

「だが、やはり異性として見るのは無理だ」

久留里の気持ちが家族に戻るためのものだとしても、それ以外の気持ちだとしても。

それでも、どちらにせよ俺にとって、久留里は妹だ。俺が物心ついたときから、ずっと大切にしてきた家族だ。それ以上にも以下にもなりえない。けれど、それは俺にとって何よりも大切な絆(きずな)だ。

「……うん。だいたい予想通り」

久留里は伸びをしてから滑り台を見て、濡(ぬ)れているのを確認してから階段で下りた。

「そりゃさあ、物心ついてから十年以上実妹だったんだから、急に異性として見ろって言われても、コウちゃんには無理だよねえ」

「……まず無理だな」

「コウちゃんみたいな人には特に……それは普通じゃないことだもんね」

「…………」

「でも」

「ん？」

「でもさ、もう知ったじゃん？　私とコウちゃんは兄妹(きょうだい)じゃないって……血がつながってないって！　これが五年、十年経(た)ったらどうだろ？」

「え？」

「兄妹だった期間より、他人であると知ってからの期間のほうが長くなったら……そうしたら、どうなるかな？」

「どうだろう。最初に兄妹だったという刷り込みがあるからな……」

それは理屈を超えたところにある、俺の倫理感情だ。血のつながった相手に恋情は抱いてはいけない。常識を指針として生きる俺は、長年それを当たり前として過ごしてきた。その感覚は何があっても覆（くつがえ）ることはないように感じられる。それが時間が経ったからといって、変わるものなのだろうか。

「たとえば、七尾先輩がある日、女の子になりました」

「ん？」

「最初は戸惑うし、別人のように感じられるだろうけど、その状態で五年、十年経てばそっちが普通になると思うんだよね。前の姿はだんだん忘れちゃうし」

最近渡瀬（わたらせ）とした時間の話と少し被（かぶ）るそれを、俺は一度考えてみた。認識は一瞬では変わらない。けれど、あるものが変わり、そこから長い時間が経ったとき、どうなるんだろう。

俺は滑り台を降りて、久留里（くるり）の正面に立った。

久留里はまっすぐに俺の目を見て、はきはきと言い放った。

「私は今からコウちゃんの妹をやめます！」

俺は静かに目を剝いた。

「私たちは、今この瞬間から、とても仲のいい他人！　そう思って接してください！」

他人。

なんて遠い響きなんだ。俺の寂しげな瞳を見て、久留里が慌てたように付け足す。

「でも、基本的には今まで通りだよ。変わるのは、認識ひとつ」

そう言って俺の肩のあたりをぽんと叩いた。

「そんなもので壊れるほど、私たち兄妹の絆はヤワじゃないよね？」

「も、もちろんだ」

「だいたいさ、現実にたくさんあるじゃん、今日からカレカノです、とか、今日から元夫婦、今日からまた友達に戻りますーなんて。言葉に出して言えばそれはもうそういうものだし、すぐには無理でも、兄妹だった年数を他人になってからの期間が越すころには、何かが変わっているかもしれないじゃん？」

「……どうだろう。ずっと先の話だな」

「きっと、コウちゃんは変わると思う」

久留里は挑戦的な表情でにっと笑った。

エピローグ

そこからの俺たち兄妹は、思ったよりも以前と変わらなかった。

「コウちゃん！　おはよう！　好きだよ！　大好き」

しかし、前とまったく同じかというと、そんなことはない。

開き直った久留里は好意をまるで隠さず毎日伝えてくるようになった。

そして、俺もそれが恋愛の好きであるということはきちんと認めている。俺が応えるかは別として、そんなものは禁止できない。個人の自由だ。

「お姉……四葉(よつば)は？」

「四葉もだいだいだいしゅき！」

久留里が四葉を抱きしめて肩に顎をぐりぐりとする。

「四葉も……お姉、すき」

なんの気まぐれか、珍しく四葉が小さい声で返したので、久留里は歓喜した。

廊下の端に行ってうずくまり、おうおうとむせび泣いている。

「久留里、もう出るぞ」

「はーい」

玄関を出て少し行くと、久留里は辺りをきょろきょろと見まわしてからぎゅっと手を握ってくる。

「うわっ」

「どうかなさいましたか？」

「いきなり手をつなぐな！」

「なんでなんで？　どうして？」

「普通の兄妹は手をつないで登校しないだろ！」

「残念。うちは普通の兄妹じゃなかった。あと、私はコウちゃんのこともう兄として見てないんだよねー」

「ぐぬう」

ならば、なおさら手をつなぐのはおかしくないだろうか。考える。

こういうのは、異性同士ならば、想い合っている二人が……いや、久留里は俺のことが好きなのか。俺は……心に誓ってそんな対象には見ていないが、家族として、妹としては好きだ。

「いや、俺にとってはお前は妹だ。妹とは手をつないで登校しない。これは春に生まれた新しいルールのはずだ！」

「じゃあいいや」

久留里はあっさり手を離す。引き下がるのがすんなりしていると、それはそれで戸惑う。

「そういやコウちゃん今日はこの時間でいいの？」

「ああ、各種準備はだいぶ目途が立って落ち着いてきた。休み時間もちゃんと休めてる」

「そーなんだ。じゃあさ、今日お弁当ないし、お昼一緒に食べようね！」

「………」

「あれぇ？　兄妹でお昼食べるのおかしい？」

「都合のいいときだけ兄妹に戻るな！」

「コウちゃんはぜんぜん意識してないんなら今まで通りでいいと思うんだけど……何か問題でもあるの？」

「ぐぬう」

完全に久留里のペースに呑まれている。ふざけていても向こうは本気だ。それをビンビンに感じている。

「ねえねえコウちゃん」

「なんだ？」

「今日いい天気だね」

「そうだな」

「コウちゃん」

「なんだ？」

「私と付き合わない？」

「…………付き合わん」

「お、ひっかからなかったね。でもー、今までのコウちゃんならどこにだ？　とか聞いてきたはずだから、前進してるなー。隠しごともないし、本当過ごしやすくなった」

にししと笑う久留里は公園で話したあの日からすこぶる上機嫌だった。

俺はその態度にだいぶ困りはしているが、久留里の言うことには同意を覚えた。隠しごとがある状態は精神の健康によくなかった。考えていることが行き違って嚙み合わない状態ももどかしく、お互いにストレスだった。

今はそのときよりはよほどいい。

久留里が久留里の思うように生きているその感じを、俺はとても好ましく思っている。

久留里がモヤモヤしたまま、気持ちを抱え込んだりするくらいなら、こうやって吐き出してくれたほうがよほどいい。

「コウちゃん」

「なんだ？」

「大好き！」

「……俺も好きだが」

家族として。と付け加えようとしたが、久留里が真っ赤になって黙ったので失敗したことを知る。

「そ、その……久留里」

「わかってる。コウちゃんが妹としての意味で言ったのはわかってるんだけどー」

顔をパタパタ手で扇ぎながら早足になった久留里は赤い顔のまま、にへっと笑った。

「今の、もっかい言って？」

「断る」

「録音したい！」

「するな！」

「頼むよ、悪用したいんだよ〜」

「なおさらするな！」

久留里のあっけらかんとした性格のせいかもしれないが、大きな変化があったのに、俺たちは驚くほどに以前と変わりなく笑い合えている。

「コウちゃん、ありがとね」

「……何がだ？」

「私がコウちゃんを好きなこと、認めてくれて」

「……気持ちには応えられないがな」

「うんまぁ、今はそれで十分」

久留里は頭を横にプルプルと振って言う。

「私はアホみたいに普通と常識を重んずるコウちゃんが大好きだし……馬鹿のひとつ覚えみたいに普通でいたがるコウちゃんが私の気持ちを認めてくれたんだもん。それってさ……」

「なんだ？」

「それって実はもうぜんぜん普通でも常識的でもないしさ！」

久留里はそう言ってふにゃりと笑った。

俺は歩きながら久留里の言った言葉を考えた。

確かに、そうかもしれない。現在の状況はすでに普通ではないのだ。

それでも、俺は家族を無用に傷つけてまで普通でいたいとは思わない。そもそも普通への渇望がそこまで強いものならば、母の職業だって耐えられないだろう。
常識はあくまで指針でしかない。家族みんなが自分らしく、幸せに暮らしていけること
が、俺にとって一番の優先事項だ。もちろんその『家族』の中には俺自身も含まれている。
「私、勝算あるんだよねー」
「俺はまったくそう思えないが……」
「いやいや、コウちゃんはなんだかんだ、いつだって、私の我儘を聞いてくれなかったこ
とはないし！」
いつもの我儘じゃないとあれだけ吠えていたのに……好意の意味合いが家族愛ではなく
恋愛感情だった以外は、やはりいつもの我儘と変わらないような物言いだ。
久留里は自分を恋愛感情で好きになれと要求しながらも、妹であることや、今までの関
係性を捨てようとはしていない。久留里の言ったように、兄妹として過ごした日々は、
新しく生まれた感情と完全に無関係にはできないからだ。
だからそこは変わらないままに新しい属性が上に重なって、新しい関係性が構築されて
いっている。その感覚は少し不思議な感じだった。
家族とは不思議なものだ。家族とはなんなのだろう。

　俺はずっと、漠然と近しい血縁者たちの集団生活と思っていた。

　けれど、血のつながりは関係ない。一緒に暮らしているかどうかも関係ない。そんなものので限定されるものではないと、今は思う。

　だとしたら、家族というのは概念かもしれない。家族という概念で括（くく）られて、異なる人間たちが生活をしている。恋人だとか、友人だとか、そういうものと同じ名前による分類でしかない。

『テセウスの船』という命題がある。

　修繕を繰り返して一番最初にあったパーツがひとつもなくなった船は、元の船と同一といえるか。そんな命題だったはずだ。

　俺はずっと、自分にとって何より大事な『家族』を、形をひとつも変えずに死守することに尽力していた。

　けれど、最近は形を変えていくことがあまり怖くなってきていた。

　久留里が強引に気持ちを伝え、関係は少し形を変えたというのに、俺の一番大切にしている『家族』はまだそこにきちんとあったからだ。

　もしかしたらこの先も家族の表面の形はどんどん変わっていくかもしれない。

　そうして、いつか表面の形はまったく違うものになったとしても、根底に変わらないものはきっとある。

変わっていくものと、まったく変わらないもの。

それはきっと俺が生きていく上で自然に選んでいくものだ。

今すぐには無理だとしても、未来には、俺は案外変わっているのかもしれない。

「コウちゃん、信号、青に変わったよ！　行こう！」

楽しそうな久留里の顔を見ていると、そんな考えもほんの少し頭を過る（よぎ）のだ。

あとがき

こんにちは。村田天です。

二巻をお手に取っていただきありがとうございます。

この作品でまたお会いすることができてとても嬉しいです！

書ける時に書かないと作品の感覚を忘れて書けなくなるんじゃないかとの危惧から、先にちょこちょこ書き進めていたのですが、「続刊できますよ」ってご連絡いただいた時にはすでに七万字ほど書いてしまっていたので、本当に続刊できてよかったです……。

今回も一巻に引き続き、テーマは『家族』やら『常識』やらです。

家族って一番身近な存在で、中で揉めることもあったり、疎遠になることもあったりするけれど、なんだかんだ外の世界で何かあっても味方になってもらったりあげたりして、いろんなものと一緒に闘っていく共同体だと思います。

半面、いつも当たり前にいる家族だからこそ、扱いや優先度がぞんざいになってしまうこともあったりして、まぁでも大事にできたらいいよねって思って書きました。

今巻では四葉と美波もイラストで描いていただけて感無量です。地獄の業火のように可愛いです！　可愛い！

あと、一巻の時からずっとメモ書きだけはしていたものの、結局入れどころがなくてメモ帳にさみしく残ってしまっていたオニヤンマ先輩のメタルネタをちゃんと二巻に入れることができてよかったです。あんなもの取っておいても、本当に人生のどこにも使い道がない……。私のメモアプリはそんなもので溢れてます。

二巻は一巻と比べると、キャラの自由度が増して、結構好き勝手に動くなぁと、しみじみ眺めながら書いていました。書き味として一巻は新しいものを組み立てる新鮮な楽しさが、二巻はキャラが育っていく楽しさがあります。すごく楽しく書いたので、読んでくださる方も一緒に楽しんでもらえたらとても嬉しいです。

今年も夏が近づいてきました。

この本が発売する頃にはまた、むちゃくちゃ暑くなっているのかもしれないと怯えながら今これを書いています。

ほどほどの暑さになりますようにと願いながら。

お読みくださった全ての方と、関わってくださった全ての方に感謝を込めて。

二〇二三年　初夏　村田天

お便りはこちらまで

〒一〇二－八一七七
ファンタジア文庫編集部気付
村田天（様）宛
絵葉ましろ（様）宛

俺と妹の血、つながってませんでした2

令和5年8月20日　初版発行

著者——村田 天

発行者——山下直久

発　行——株式会社KADOKAWA
〒102-8177
東京都千代田区富士見2-13-3
0570-002-301（ナビダイヤル）

印刷所——株式会社暁印刷

製本所——本間製本株式会社

※定価はカバーに表示してあります。
●お問い合わせ
https://www.kadokawa.co.jp/（「お問い合わせ」へお進みください）
※内容によっては、お答えできない場合があります。
※サポートは日本国内のみとさせていただきます。
※Japanese text only

ISBN978-4-04-075059-0 C0193　◇◇◇